"诗词大会"夺冠文库

超级

飞花令

江山如画卷

总主编／顾之川

执行总主编／江洪春

U0643507

山东城市出版传媒集团·济南出版社

图书在版编目（CIP）数据

超级飞花令.江山如画卷 / 江洪春主编. —济南：济
南出版社，2020.1（2022.10重印）

（诗词大会夺冠文库 / 顾之川主编）

ISBN 978-7-5488-4046-6

Ⅰ.①超… Ⅱ.①江… Ⅲ.①古典诗歌—诗集—中
国 Ⅳ.①I222

中国版本图书馆CIP数据核字（2019）第302002号

出 版 人	崔　刚
丛书策划	冀瑞雪
责任编辑	孙育臣
装帧设计	张　倩　谭　正

出版发行	济南出版社
地　　址	山东省济南市二环南路1号（250002）
编辑热线	0531-86131747（编辑室）
发行热线	86131747 82709072 86131729 86131728（发行部）
印　　刷	山东潍坊新华印务有限责任公司
版　　次	2020年3月第1版
印　　次	2022年10月第2次印刷
成品尺寸	150mm×230mm　16开
印　　张	8.75
字　　数	105千
印　　数	10001—15000 册
定　　价	29.00元

（济南版图书，如有印装错误，请与出版社联系调换。联系电话：0531-86131736）

总序

顾之川

　　近年来，中华优秀传统文化逐渐成为我国社会文化热点，一大批语言文化类节目热播，如《中国诗词大会》《朗读者》《经典咏流传》《中国汉字听写大会》《中国成语大会》等，均以汉语言文学的无限魅力吸引了无数观众，特别是青少年。这在社会上引起热烈反响和广泛好评。尤其是中央电视台的《中国诗词大会》，将中国古典诗词用新颖活泼的电视节目形式呈现出来，受众面广，美誉度高，影响也最大，成为我国文化领域一道靓丽的风景线。山东城市出版传媒集团·济南出版社·汉唐书局以此为契机，组织全国著名的教育专家和教学名师，及时推出这套《"诗词大会"夺冠文库》，展示诗歌之美，聚焦文学魅力，传播传统文化，很有眼光和魄力。我承乏担任总主编，非常乐意向广大读者推介。

　　央视栏目《中国诗词大会》的热播生动展现了古诗词的艺术魅力。在中国这个诗的国度，诗歌的天空群星璀璨，唐诗、宋词、元曲都代表着一代文学的最高成就，不仅承载着文化传统，凝聚着民族精神，而且意境深邃，蕴含丰富，语言精练含蓄、生动形象，富有节奏感和音乐美，因而一直是我国中小学语文教育的重要内容。阅读诗词尤其是古诗词，不仅可以积累文学文化常识，感受汉语言文字的优美和伟大，丰富传统文化素养，吸取中华优秀传统文化的精华，增强文化底蕴，更重要的是，当你遇到相同境遇时，可以得到千百年以前古圣先贤的抚慰、理解和激励，从中汲取思想、感情和艺术的营养，深化对历史、社会和人生的认识，树立文化自信。尤其对于中小学生来说，更可以通过阅读古诗词，陶冶性情，感受真善美，培养审美情趣，发展思维能力和语言表达能力。比如，屈原高洁坚贞的人格和对美好政治的理想，陶渊明诗中的率性自然，李白诗中的浪漫情怀，杜甫诗中的家国兴亡之叹，宋词中婉约细致的柔情之歌、慷慨激昂的爱国之声等，可以培养形象思维能力，唤起联想和想象，发展想象力，进而诱发创造性思维，引导中小学生认识社会，健全人格。再比如，陶渊明"采菊东篱下，悠然见南山"于自然平淡的语言中蕴含深杳情怀，白居易《琵琶行》中对音乐生动形象的描绘，对模仿、借鉴优美的文学语言，发展语言表达能力，都有直接的熏陶感染作用。

这套《"诗词大会"夺冠文库》设计新颖，很有创意，可谓别具匠心。丛书包括三部分：

一是《飞花令》，即采用古代文人墨客行酒令的诗词文字游戏"飞花令"形式，解读诗词名篇佳作。《飞花令》共5册，每册选取古诗词中常见的8个高频字，每字精选了40首左右的诗句，并附有解释。对部分比较生疏的古诗词，采用了选用整首诗的编辑方式，同时附有注释、赏析，这有利于全面了解诗句的意思和由来等。每册书后附有这套《飞花令》的40个令字的《诗句令字音序检索表》，像查字典一样，便于快捷地查找到所需的诗句。书中内容均为全国知名的教育专家精选而成，其中部分篇目在中央电视台综合频道播出的《经典咏流传》传唱，如王维的《山居秋暝》、苏轼的《定风波·莫听穿林打叶声》、辛弃疾的《青玉案·元夕》、袁枚的《苔》等，深受读者喜爱。

二是《超级飞花令》，即将出版的这套《超级飞花令》共7册，分别为《风霜雨雪卷》《花开花落卷》《月上柳梢卷》《江山如画卷》《绵绵情思卷》《物华天宝卷》《诗中笔法卷》，视野更开阔，编选更合理，解释更精当，更能方便参赛者进行有针对性的诵读练习。相信它会成为选手参与"飞花令"竞赛的宝典，有助于中华优秀传统文化的传承与弘扬。

三是《四大名著诗词赏析》，共4册，每册精选我国文学史上四大名著《红楼梦》《西游记》《水浒传》《三国演义》中有代表性的、能够体现人物性格特点的120首诗词加以赏析，供读者诵读和欣赏，既能让一般读者体会到小说中的诗词之美，又能帮助读者理解小说故事情节，把握人物性格特征。

　　阅读这套文库，至少具有两方面的意义：一是可以帮助读者读懂古典诗词，更好地理解和欣赏古典诗词。与以往的诗词赏析类图书相比，这套丛书的赏析特别强调通俗易懂，便于普及提高，更适用于普通读者。二是丛书通过"飞花令"这种富有高雅情趣的竞赛活动，促进古诗词的学习和训练，检验积累和诵读的成效，享受古诗词诵读的快乐，提升文化素养和品位。

　　《中国诗词大会》的热播掀起了全民学习诗词的高潮，带领我们重温那些千古传唱的古诗词，充分感受古诗词的魅力与久远，这是对我国传统文化的创造性转化与创新性发展。愿这套丛书能够引领广大读者学好古诗词，喜爱祖国语文，热爱中华母语。享受古诗词，玩转飞花令！

　　　　　　　　2019年10月2日　于京东大运河畔之两不厌居

C目 录
ONTENTS

江·山

北宋·郭熙《溪山行旅图》

1. 情通万里外，
　 形迹滞江山。
　　　　——晋·陶渊明《答庞参军》

这首诗是诗人给参军庞氏的回赠诗。这两句诗的意思是：虽然我们相隔千山万水，但可以通过书信传达情意。

2. 江山岂不险，
　 归子念前涂。
　　——晋·陶渊明《庚子岁五月中从都还阻风于规林二首·其一》

这首诗写的是诗人完成出使使命，准备回家省亲，但被风阻在途中的情景。这两句诗表面意思是说，行路难，征途艰险；实际是说官场多风险，吉凶难料。

3. 寂寂离亭掩，
　 江山此夜寒。
　　　　——唐·王勃《江亭夜月送别二首·其一》

这首诗是诗人旅居巴蜀期间所写。这两句诗的意思是：离亭的门关着，周围寂静无声；今夜大江与高山都显得那么凄凉。

4. 江送巴南水，
　 山横塞北云。
　　　　——唐·王勃《江亭夜月送别二首·其二》

这首诗是王勃所写的《江亭夜月送别二首》中的第二首。这两句诗的意思是：长江送走了从巴南来的流水；大山横亘，仿佛嵌入了塞北的云层。

5. 江山若有灵，
　 千载伸知己。
　　　　——唐·杨炯《西陵峡》

杨炯才华出众，以五言诗见长。这两句诗的意思是：江山如果有灵性，这么多年了就应该很了解自己。

6. 两地江山万余里，
　 何时重谒圣明君。
　　　　——唐·沈佺期《遥同杜员外审言过岭》

这两句诗的意思是：虽然京都长安与岭南相距万里，但阻挡不了思念君王的心。诗人日夜盼望能再拜见贤明君王。

7. 思来江山外，
　　望尽烟云生。
　　——唐·张九龄《秋晚登楼望南江
　　　　　　　　入始兴郡路》

诗人辞官南归之时，回想任职经历，写下该诗以抒发自己压抑而不得志的心情。诗人借景物描写，隐喻为官经历。

8. 江山留胜迹，
　　我辈复登临。
　　——唐·孟浩然《与诸子登岘山》

这两句诗的意思是：江山各处保留的名胜古迹，而今我们又可以登攀亲临。

9. 借问襄阳老，
　　江山空蔡州。
　　——唐·王维《哭孟浩然》

这首诗虽无华丽辞藻，但动人心魄的地方全在于情深。这两句诗兼具直抒胸臆和借景抒情两种手法，使本诗直中有曲，语短情深，表现了诗人对老朋友的无限怀念之情。

10. 江山虽道阻，
　　　意合不为殊。
　　——唐·李白《秋浦寄内》

本诗是李白准备离开秋浦时给妻子的回信。这两句诗的意思是：虽然路途遥远，江山阻隔，但两人都在思念对方，两颗心永远连在一起。

11. 迟日江山丽，
　　　春风花草香。
　　——唐·杜甫《绝句二首·其一》

这首诗描绘了一幅明净绚丽的春景。这两句诗的意思是：沐浴在春光下的江山显得格外秀丽，春风里弥漫着花草的香味。

12. 江碧鸟逾白，
　　山青花欲燃。
　　——唐·杜甫《绝句二首·其二》

　　此诗为杜甫入蜀后所作，抒发了其羁旅异乡的感慨。这两句诗的意思是：碧绿的江水把鸟儿的羽毛映衬得更加洁白；山色青翠欲滴，红艳的野花似乎将要燃烧起来。

13. 江山故宅空文藻，
　　云雨荒台岂梦思。
　　——唐·杜甫
　　《咏怀古迹五首·其二》

　　本诗是杜甫凭吊屈原弟子宋玉的。诗人暮年出蜀，过巫峡，至江陵，不禁怀念宋玉，勾起对其身世遭遇的同情和悲慨。这两句诗的意思是：江山依旧，故宅犹在，空留文藻；那巫山云雨、云梦高唐，应是子虚乌有的梦乡。

14. 风月自清夜，
　　江山非故园。
　　——唐·杜甫《日暮》

　　《日暮》表现了诗人对人生迟暮的感慨。这两句诗的意思是：秋夜，晚风清凉，明月皎洁；可这锦绣的山川不是自己的家园。

15. 江山如有待，
　　花柳自无私。
　　——唐·杜甫《后游》

　　《后游》是杜甫重游修觉寺时的作品。这两句写此地山水草木都对诗人有情，透露了诗人对世态炎凉的感慨。

16. 寂寂江山摇落处，
　　怜君何事到天涯！
　　——唐·刘长卿《长沙过贾谊宅》

　　诗人把自身的际遇、悲愁感兴，巧妙地融入了诗中。这两句诗的意思是：寂寞冷落，深山里落叶纷纷；可怜你不知因何天涯飘零！

17. 莫以宜春远，
   江山多胜游。
   ——唐·韩愈《秋字》

　　《秋字》是韩愈在担任袁州刺史时写的一首诗。这两句诗的意思是：不要以为宜春离京城很远；那里江山如画，风光宜人，希望您能在那里畅快地游玩。

18. **山**桃红花满上头，
   蜀**江**春水拍山流。
   ——唐·刘禹锡《竹枝词》

　　这两句诗描绘了一幅山恋水依的图景。山桃遍布山头，一个"满"字，表现了山桃之多和花开之盛。一个"拍"字，写出了水对山的依恋。

19. 岚雾今朝重，
   江山此地深。
   ——唐·白居易《阴雨》

　　这两句诗的意思是：今天的山岚特别重；天涯广阔，这里却是如此偏僻深远。

20. **江山**不管兴亡事，
   一任斜阳伴客愁。
   ——唐·沈彬《再过金陵》

　　这是一首咏史诗。这两句诗的意思是：山川、江河依旧，它们并不管六朝兴亡更替，也不管过往凭吊的客人发出的感叹与悲愁，任凭斜阳西照。

21. 泽国**江山**入战图，
   生民何计乐樵苏。
   ——唐·曹松
   《己亥岁二首·僖宗广明元年》

　　这两句诗的意思是：富饶的水域、江山都已被战云笼罩，百姓想要打柴割草都不行。

22. 独自莫凭栏，无限**江山**，
   别时容易见时难。
   ——五代·李煜
   《浪淘沙令·帘外雨潺潺》

　　这首词基调低沉悲怆，透露出李煜对故土的思念。这几句词的意思是：不该独自一人登楼凭栏远望，引起对故国的无尽思念和感慨。离开容易，再见故土就难了。

23. 江山谢守高吟地，
    风月朱公故里情。
    ——宋·晏殊《送凌侍郎还宣州》

　　这是一首送别诗。这两句诗的意思是：谢朓曾在宣城任太守，用歌吟唱此地；这里也是朱公爱情故事的发源地。

24. 一带江山如画，风物向
    秋潇洒。
    ——宋·张昇《离亭燕·一带
    江山如画》

　　全词借景抒情，格调沉郁，豪气内藏。这两句词的意思是：金陵风光美丽如画，秋色明净清爽。

25. 行见江山且吟咏，
    不因迁谪岂能来。
    ——宋·欧阳修《黄溪夜泊》

　　这两句诗的意思是：闲来信步漫游，遇见山水不妨高声长吟；如果不是贬官外放，又怎能饱览各地的奇山异景。

26. 陌上花开蝴蝶飞，
    江山犹是昔人非。
    ——宋·苏轼
    《陌上花三首·其一》

　　这两句诗的意思是：田间小路上的花儿开了，蝴蝶在花丛中飞舞；江山依旧，往昔的主人却早已更替。

27. 江山如画，一时多少豪杰。
    ——宋·苏轼
    《念奴娇·赤壁怀古》

　　这首"千古绝唱"的名作，是苏轼的代表作之一。这两句词的意思是：雄壮的江山奇丽如图画，一时间涌现出多少英雄豪杰。

28. 江山如此不归山，
    江神见怪惊我顽。
    ——宋·苏轼《游金山寺》

　　这两句诗的意思是：江山如此美好，而我却不肯归隐；江神莫非责怪我顽固恋俗。

29. 江山风月，本无常主，
　　闲者便是主人。
　　　　　——宋·苏轼《临皋闲题》

这几句词的意思是：江山风月，本来是没有主人的，谁在用便可以说是主人。

30. 江山如画，望中烟树历历。
　　　　　——宋·苏轼《念奴娇·中秋》

这两句词的意思是：秀丽的江山像图画那样美，清晰可辨的烟柳，历历在目。整首词表现了词人对胞弟的思念之情。

31. 江山依旧云空碧，
　　昨日主人今日客。
　　　　　——宋·黄庭坚
　　《木兰花令·凌歊台上青青麦》

本词是诗人在一次宴会上写的。这两句词的意思是：江山依旧，浮云碧天；昨天的主人今天成了客人。

32. 江山千里俱头白，
　　骨肉十年终眼青。
　　　　　——宋·黄庭坚《送王郎》

这两句以峭硬之笔，刹住了前面诗句的倾泻之势、和谐之调，有如黄河中流的"砥柱"一样有力。

33. 千古风流八咏楼，
　　江山留与后人愁。
　　　　　——宋·李清照《题八咏楼》

这两句诗的意思是：像八咏楼这样千古风流的东南名胜，留给后人的不再是逸兴壮彩，而是为大好河山可能落入敌手生发出来的家国之愁。

34. 叹江山如故，千村寥落。
　　　　　——宋·岳飞
　　《满江红·登黄鹤楼有感》

这是一首登高抒怀之词。这两句词的意思是：悲叹大好河山一如往昔，但千家万户流离失所，田园荒芜。

35. 平章风月，弹压江山，
别是功名。
　　——宋·陆游《诉衷情·青衫初入
九重城》

　　这几句词的意思是：只好写文章品评风月，指点山川，建立另外一种"功名"。

36. 风月不供诗酒债，
江山长管古今愁。
　　——宋·杨万里《宿池州齐山寺，
即杜牧之九日登高处》

　　这两句诗的意思是：自然风景不能偿付诗酒之债，古今的诗人总是借山水来抒发他们的忧愁。

37. 江山自雄丽，风露与高寒。
　　——宋·张孝祥
《水调歌头·金山观月》

　　这两句词的意思是：山河是如此雄伟壮丽；露珠点点，微风轻拂，顿感阵阵寒意。

38. 千古江山，英雄无觅孙
仲谋处。
　　——宋·辛弃疾
《永遇乐·京口北固亭怀古》

　　这首词用典精当，有怀古、忧世、抒志等多重主题。这两句词的意思是：江山如画、历经千年仍如故，很难找到孙权在此的定都处。

39. 布被秋宵梦觉，眼前万
里江山。
　　——宋·辛弃疾
《清平乐·独宿博山王氏庵》

　　这首词感情浓烈，语言平淡，纯用白描。这几句词的意思是：凄冷的秋风吹透了单薄的布被，突然惊醒，眼前依稀还是梦中的万里江山。

40. 落日江山宜唤酒，
西风天地正愁人。
　　——宋·梁栋《金陵三迁有感》

　　这首诗以舒缓的笔调，似乎只写自己阅尽沧桑后与世无争的淡泊，却表现了诗人的愤慨和无奈。

41. 江山残照，落落舒清眺。
　　　　　——金·元好问
　　　　《清平乐·太山上作》

　　这首词是作者获得自由后与友人游览泰山时写的。前一句讲，放眼望去，夕阳的余晖照遍了眼前的山峦河流。词人紧接着描写了自己所见，给人以开阔而清朗的视觉感受。

42. 江山万古潮阳笔，
　　合在元龙百尺楼。
　　　　　——金·元好问
　　　　《论诗三十首·十八》

　　这是一首评论孟郊的诗。孟郊一生受尽苦难，诗人在诗中对孟郊表示同情。

43. 天地偶然留砥柱，
　　江山有此障狂澜。
　　　——宋·谢枋得《小孤山》

　　"天地偶然"四字，表明小孤山是造化的杰作，不可多得；"江山""狂澜"两词既是对小孤山的写实，更是对小孤山时代象征意义的揭示。

44. 去去龙沙，江山回首，
　　一线青如发。
　　　　　——宋·文天祥
　　　《酹江月·和友驿中言别》

　　这几句词的意思是：我就要离开故都，被放逐到沙漠之地，回望故国的江山一片青色。

45. 江山如画，茅檐低厦，
　　妇蚕缲婢织红奴耕稼。
　　　　　——元·陈英
　　　　《山坡羊·江山如画》

　　这几句词的意思是：江山像图画一样美丽，几间低矮的茅屋，妇女在养蚕缲丝，婢女在织布纺纱，长工在耕种庄稼。

46. 江山相雄不相让，
　　形胜争夸天下壮。
　　　——明·高启《登金陵雨花台
　　　　　　　望大江》

　　诗人以雄健的笔调描绘了钟山、大江的雄伟壮丽。这两句诗的意思是：长江与钟山相互争雄，两者之势堪称天下壮景。

47. 一尺过江山，万点长淮树。
　　——清·吴伟业《生查子·旅思》

这首词通过写景抒发羁旅之思，描绘了一幅远山丛林渐去渐远的图景。

48. 故国江山徒梦寐，
　　中华人物又销沉。
　　——清·屈大均
　　《壬戌清明作》

全诗因情写景，音节低沉，情调比较消极，抒发了诗人反清无望的幽愤和悲怆之情。

49. 江山也要伟人扶，
　　神化丹青即画图。
　　——清·袁枚《谒岳王墓》

这两句诗的意思是：山水也需要杰出的人物扶持；西湖的天然景色已入化境，本身就是一幅美不胜收的图画。

50. 江山代有才人出，
　　各领风骚数百年。
　　——清·赵翼
　　《论诗五首·其二》

诗人呼唤创新意识，希望诗歌创作要有时代精神和个性特点，要大胆创新。

51. 一幅云蓝一叶舟，隔江山色镜中收。
　　——清·薛时雨
　　《浣溪沙·舟泊东流》

这两句词的意思是：在蓝天白云和绿水碧波之间，一叶小舟悠然而来；远山倒映在水中，夕阳的余晖洒满岸边。

52. 忍看图画移颜色，
　　肯使江山付劫灰。
　　——秋瑾《黄海舟中日人索句并见日俄战争地图》

这两句诗的意思是：真不忍心看到祖国大地变成别国的领土，即便让锦绣江山变成万劫不复的飞灰也在所不惜。

53. 江山如此多娇，引无数
英雄竞折腰。
——毛泽东《沁园春·雪》

　　"江山如此多娇"承上，总
括上片的写景，对"北国风光"
做总评；"引无数英雄竞折腰"
启下，展开对历代英雄的评论，
抒发词人的远大抱负。

54. 指点江山，激扬文字，
粪土当年万户侯。
——毛泽东《沁园春·长沙》

　　这首词表现了词人和战友
们英勇无畏的革命精神和壮志
豪情。

第二组

山·河

唐·李思训《明皇幸蜀图》

1. 山河满目中，
   平原独茫茫。
   ——晋·陶渊明
   《拟古九首·其四》

这首诗写诗人由登楼远眺而引发的感慨，抒发了诗人不慕荣华富贵、坚持隐居守节的志向与情怀。

2. 书誓河山，
   启土开封。
   ——晋·陶渊明《命子·其三》

诗人在陶俨即将步入"成童"时期写了这首诗，勉励他传承祖辈家风，努力成才。

3. 旦辞黄河去，
   暮至黑山头。
   ——北朝《木兰诗》

《木兰诗》是中国南北朝时期北方的一首长篇叙事民歌。这两句诗的意思是：早晨离开黄河，晚上就到达黑山头。

4. 秋风起函谷，
   劲气动河山。
   ——唐·徐惠《秋风函谷应诏》

此诗文字简洁而气度雍容，富于气势。这两句诗的意思是：秋风从函谷关吹起，凛冽的寒气惊动了河山。

5. 山河千里国，
   城阙九重门。
   ——唐·骆宾王《帝京篇》

这两句诗写出了长安地理形势的险要奇伟和宫阙的磅礴气势。

6. 白日依山尽，
   黄河入海流。
   ——唐·王之涣《登鹳雀楼》

这首诗表现了诗人不凡的胸襟。这两句诗的意思是：夕阳依傍着山峦渐渐下落，滔滔黄河朝着大海汹涌奔流。

7. 黄河远上白云间，
   一片孤城万仞山。
   ——唐·王之涣
   《凉州词二首·其一》

这是一首表现戍守边疆的士兵思念家乡的诗作。这两句诗描绘了西北边地大漠风光。

8. 郡邑经樊邓，
   山河入嵩汝。
   ——唐·孟浩然
   《送辛大之鄂渚不及》

这两句诗的意思是：看不见途经的樊城邓县（今邓州市）；只有白云融入汝水，飘上嵩山。

9. 远近山河净，
   逶迤城阙重。
   ——唐·李颀《望秦川》

这两句诗的意思是：天气晴朗，远处的山水明洁，可以看到；长安城蜿蜒曲折，重重叠叠雄伟壮丽。

10. 白日登山望烽火，
    黄昏饮马傍交河。
    ——唐·李颀《古从军行》

这两句诗的意思是：白天爬上山，观察四方有无举烽火的警报；黄昏时又到交河边上让马饮水。

11. 赵得宝符盛，
    山河功业存。
    ——唐·李白《赠宣城赵太守悦》

这两句诗的意思是：赵毋恤得到宝符而为太子，建立了获取山河的功业。

12. 欲渡黄河冰塞川，
    将登太行雪满山。
    ——唐·李白
    《行路难三首·其一》

这两句用"冰塞川""雪满山"象征人生道路上的艰难险阻。这两句诗的意思是：想渡过黄河，坚冰堵塞了大川；想登太行山，大雪遍布高山。

13. 道可束卖之，
　　五宝溢山河。
　　——唐·李白《送于十八应四子
　　　　　　举落第还嵩山》

此诗是李白受人请托为于十八写的"落第诗"，意在劝人安心静修，别与世俗官府掺和。

14. 举目山河异，
　　偏伤周颛情。
　　——唐·李白《金陵新亭》

这首诗主题鲜明，诗人用简洁的语言概括了历史上的具体事实。这两句诗的意思是：放眼中原，满目疮痍，河山不复繁荣，周颛眼看山河易色，大为哀叹。

15. 荒城自萧索，
　　万里山河空。
　　——唐·王维《奉寄韦太守陟》

这两句诗描写边塞孤城的萧条衰败，意思是：城郭荒芜，万里山河分外辽阔空明。

16. 河山北枕秦关险，
　　驿路西连汉畤平。
　　——唐·崔颢《行经华阴》

这两句诗的意思是：秦关北靠河山地势险要，驿路通过长安往西连着汉畤。

17. 淹留问耆老，
　　寂寞向山河。
　　——唐·杜甫《过宋员外之问旧庄》

这两句诗的意思是：我停下来向老人询问宋公的子孙，老人告诉我，他家已无人了；我对着这山河，感到十分孤寂。

18. 国破山河在，
　　城春草木深。
　　——唐·杜甫《春望》

诗人借助景物反托情感，营造了一种荒凉的气氛。这两句诗的意思是：长安沦陷，国家破碎，只有山河依旧；春天来了，人烟稀少的长安城里草木茂盛。

19. 秦城楼阁烟花里，
　　汉主山河锦绣中。
　　——唐·杜甫《清明二首·其一》

　　这首诗是诗人触景生情、感慨入怀之作。这两句诗是说，诗人虽已垂老，仍念念不忘长安楼阁、大唐山河。

20. 天地军麾满，
　　山河战角悲。
　　——唐·杜甫《遣兴》

　　这首诗写了诗人对幼子的思念之情。这两句诗形容全国各地都处于战乱之中。

21. 三春白雪归青冢，
　　万里黄河绕黑山。
　　——唐·柳中庸《征人怨》

　　这是一首传诵极广的边塞诗。这两句诗的意思是：遥想江南已是阳春三月，而偏远荒凉的昭君墓还是大雪纷飞；那波涛汹涌的万里黄河，依旧环绕着黑山。

22. 汉家箫鼓空流水，
　　魏国山河半夕阳。
　　——唐·李益《同崔邠登鹳雀楼》

　　这两句诗将黄昏落日景色和遐想沉思融为一体，精警含蓄。

23. 天势围平野，
　　河流入断山。
　　——唐·畅当《登鹳雀楼》

　　这首诗意境非常壮阔，可以说是描写鹳雀楼风光的上乘之作。

24. 目极千里无山河，
　　麦芒际天摇清波。
　　——唐·柳宗元《闻黄鹂》

　　此诗是柳宗元抒发离乡之愁、贬谪之苦的代表作。

25. 本欲山河传百二，
　　谁知钟鼎已三千。
　　　　——唐·张祜《隋堤怀古》

　　诗人在立足现实寄寓兴亡感的同时，也流露出对国家、百姓的深深同情和关怀，从侧面反映了他忧国忧民的情怀。

26. 不据山河据平地，
　　长戈利矛日可麾。
　　　　——唐·李商隐《韩碑》

　　这首诗记叙了韩愈撰写"平淮西碑"碑文的始末，竭力推崇韩碑的典雅及其价值。

27. 天地并功开帝宅，
　　山河相凑束龙门。
　　　　——唐·薛逢《潼关河亭》

　　诗人凭借想象，写出了群山与黄河同赴龙门的景象。这两句诗的意思是：天地同力开辟出秦川山河，山川河流拥聚于此不输龙门景象。

28. 千里山河轻孺子，
　　两朝冠剑恨谯周。
　　　　——唐·罗隐《筹笔驿》

　　这是一首怀古诗。这两句诗的意思是：蜀汉千里江山被小子轻易抛弃，文臣、武将怨恨两朝老臣谯周。

29. 万里山河唐土地，
　　千年魂魄晋英雄。
　　　　——唐·罗隐《登夏州城楼》

　　诗人登上夏州城楼，眼见满目疮痍，心生无限惆怅，故作此诗。这两句诗的意思是：万里山河都是大唐的土地，千百年来有多少戍边英雄在这片土地上为国捐躯。

30. 椒宫荒宴竟无疑，
　　倏忽山河尽入隋。
　　　　——唐·汪遵《陈宫》

　　这是一首咏古的七言绝句，讽刺了南陈后主陈叔宝贪图享乐导致国破家亡，以此来讽谏当今统治者要勤于国政。

31. 吴主山河空落日，越王宫殿半平芜，藕花菱蔓满重湖。

——唐·薛昭蕴《浣溪沙·倾国倾城恨有馀》

这几句词的意思是：吴王的江山早已随着时光的轮回落幕，杂草丛生是越王宫殿的旧痕，都比不上菱藕蔓草年复一年茂盛常新。

32. 四十年来家国，三千里地山河。

——五代·李煜《破阵子·四十年来家国》

这首词写于诗人生命的最后几年中，写出了一个丧国之君无尽的痛苦。这两句词的意思是：南唐开国已有四十年，幅员辽阔、山河壮丽。

33. 满目山河空念远，落花风雨更伤春，不如怜取眼前人。

——宋·晏殊《浣溪沙·一向年光有限身》

这几句词的意思是：登临之时，放眼河山，突然思念远方的亲友；等到风雨吹落繁花之际，不禁生出伤春愁情；不如好好怜爱眼前的人。

34. 万里东风。国破山河落照红。

——宋·朱敦儒《减字木兰花·刘郎已老》

诗人把破碎的山河置于暗淡的夕阳中，用光和色暗示南宋政权已近黄昏。

35. 试看百二山河，奈君门万里，六师不发。

——宋·胡世将《酹江月·秋夕兴元使院作用东坡赤壁韵》

全词忧怀国事，风格沉郁悲壮。这两句词的意思是：关中易守难攻，怎奈朝廷远在万里之外，又不肯发兵抗敌。

36. 待从头、收拾旧山河，朝天阙。

——宋·岳飞《满江红·写怀》

这首词反映了岳飞精忠报国的英雄气概。这几句词的意思是：待我重新收复旧山河，再带着捷报向国家报告胜利的消息！

37. 山河兴废供搔首，
　　身世安危入倚楼。
　　　　——宋·陆游《秋晚登城北门》

叙事与抒情的结合是这首诗最大的特色。这两句诗抒发了诗人的忧国情怀。

38. 但使情亲千里近，须信：
　　无情对面是山河。
　　　　——宋·辛弃疾
　　《定风波·席上送范廓之游建康》

这是一首席间送别之词。这几句词的意思是：如果感情好的话，即使相隔千里，也会感觉很近，只是大江对岸的山河太无情了。

39. 乘风好去，长空万里，
　　直下看山河。
　　　　——宋·辛弃疾
　　《太常引·建康中秋夜为吕叔潜赋》

词人运用浪漫主义的艺术手法，通过古代的神话传说，表达了自己反对妥协投降、立志收复中原失土的政治理想。这几句词的意思是：我要乘风飞上万里长空，俯视祖国的大好河山。

40. 画图恰似归家梦，千里
　　河山寸许长。
　　　　——宋·辛弃疾
　　《鹧鸪天·送元济之归豫章》

这是一首送别词，主要描写离愁别绪。词人没有写自己同元济之之间的离愁别苦，这是本词和一般送别词的不同之处。

41. 山河举目虽异，风景非殊。
　　　　——宋·辛弃疾
　　《汉宫春·会稽秋风亭怀古》

这两句词的意思是：我抬头观望，虽然这里的山河与我家里的山河形状不一样，但人物风情却很相似。

42. 风露浩然，山河影转，
　　今古照凄凉。
　　　　　　——宋·陈亮
　　　　《一丛花·溪堂玩月作》

　　这几句词气象恢宏，沉郁悲壮，含义深远。

43. 今日楼台鼎鼐，明年带
　　砺山河。
　　　　　　——宋·刘过
　　　《西江月·堂上谋臣尊俎》

　　这首词表达了爱国军民企盼北伐胜利的共同心声。这两句词的意思是：今日在楼台之上筹谋国政，明年建立不世之功。

44. 眼底河山，楼头鼓角，
　　都是英雄泪。
　　　　　　——宋·刘仙伦
　　《念奴娇·送张明之赴京西幕》

　　这首词表达了词人的爱国精神和对友人的深厚情意。这几句词的意思是：眼前的江山，楼头的鼓角，都流露着英雄的慷慨悲凉。

45. 百二河山俱失险，将军
　　束手无筹策。
　　　　　　——金·段克己
　　《满江红·过汴梁故宫城》

　　这首词是词人在金亡之后路过金朝故都开封故宫时所作。这两句词的意思是：险固的河山被一一攻破，守将们束手无策。

46. 看云外山河，还老尽、
　　桂花影。
　　——宋·王沂孙《眉妩·新月》

　　在这首词中，词人借咏新月，寄寓了对亡国的哀思。

47. 山河破碎风飘絮，
　　身世浮沉雨打萍。
　　——宋·文天祥《过零丁洋》

　　诗人借此诗明志，表现了他的民族气节。这两句诗的意思是：国家危在旦夕似那狂风中的柳絮，自己一生的坎坷如雨中浮萍，漂泊无根，时起时沉。

48. 山河风景元无异，
　　城郭人民半已非。
　　　　　——宋·文天祥
　　　　《金陵驿二首·其一》

这两句诗的意思是：祖国的大好河山和原来没有什么不同，而人民已成了异族统治的臣民。

49. 山河千古在，
　　城郭一时非。
　　　　——宋·文天祥《南安军》

这首诗表现了诗人强烈的爱国情感。这两句诗的意思是：祖国的河山万世永存，城郭只是暂时落入敌手。

50. 咸阳百二山河，两字功名，几阵干戈。
　　　　　——元·马致远
　　　　　《蟾宫曲·叹世》

此曲是马致远归隐山林后所作。作者借秦汉之际的历史事件，表现出对功名事业的厌弃。

51. 对山河百二，泪盈襟血。
　　　　——宋·王清惠
　　　《满江红·题南京夷山驿》

这两句词的意思是：面对破碎的山河，我只能仰天哭泣，血泪洒满衣襟。

52. 峰峦如聚，波涛如怒，
　　山河表里潼关路。
　　　　——元·张养浩
　　　《山坡羊·潼关怀古》

这几句的意思是：华山的山峰从四面八方汇聚，黄河的波涛像发怒似的汹涌。潼关古道内接华山，外连黄河。

53. 山河犹带英雄气，试上最高处闲坐地。

——元·张养浩
《山坡羊·未央怀古》

作者登上未央宫遗址那高大的土台基之上，举目四望，心胸顿时为之开阔。

54. 一轮飞镜谁磨？照彻乾坤，印透山河。

——元·张养浩
《折桂令·中秋》

作者运用侧面烘托的手法来表现月光的明亮。"彻""透"两字，形象地表现了月光照耀的程度。

55. 骊山横岫，渭河环秀，山河百二还如旧。

——元·赵善庆
《山坡羊·长安怀古》

这是一首咏史之作。这几句的意思是：骊山峰峦横亘；渭河环流，一片秀丽。

56. 古来英雄士，各已归山河。

——明·刘基《绝句》

这两句诗的意思是：古往今来的英雄壮士，现在都化为尘土洒落在江河之中。

57. 月上海门山，山河莽苍间。

——明·刘基
《菩萨蛮·越城晚眺》

这首小词写了雨后黄昏到日出的景色变化，生动传神。这两句词的意思是：月亮从海口那边的山上升起，整个山河都沉浸在没有边际的苍茫之间。

58. 满目山河增感慨，
　　一时风景寄遨游。
　　　　——明·姜塘
　　　　《摘星楼九日登临》

这是一首七言律诗，描述了重阳节时诗人的心情。

59. 风吹鼍鼓山河动，
　　电闪旌旗日月高。
　　　　——明·朱厚熜《送毛伯温》

这是毛伯温出征安南时，明世宗朱厚熜为其写的壮行诗。这两句写鼓鸣旗展，以衬军威。

60. 双飞日月驱神骏，
　　半缺河山待女娲。
　　　　——明·陈子龙《日登一览楼》

这两句诗的意思是：日月轮转、时光飞驰，破碎的山河等待着补天的女娲。

61. 千古恨、河山如许，
　　豪华一瞬抛撇。
　　　　——清·徐灿
　　　　《永遇乐·舟中感旧》

这两句词的意思是：江山依旧，但事业未成，无以报国，只留下千古遗恨；一切繁华、豪情都抛开吧。

62. 谁使山河全破碎？
　　可堪剪伐到园陵！
　　　　——明·魏禧《登雨花台》

这两句诗表现了诗人对祸国殃民者的仇恨和对历史的反思。

63. 无限山河泪，
　　谁言天地宽！
　　　　——明·夏完淳《别云间》

这两句诗写出了诗人的失望与哀恸，表现了诗人的满腔悲愤。这两句诗的意思是：山河破碎，感伤的泪水不断流；国土沦丧，谁还能说天地宽广！

64. 只手难扶唐社稷，
　　连城犹拥晋山河。
　　　　——清·严遂成《三垂冈》

这是一首咏史诗，写的是五代的一次典型战役，以李克用父子的史事为蓝本。

65. 寸寸山河寸寸金，
　　侉离分裂力谁任。
　　　　——清·黄遵宪
　　　　《赠梁任父母同年》

这两句诗的意思是：国家的每一寸土地我们都把它当成一寸黄金般去珍惜；如今它被列强瓜分，谁才能担当起救国于危难的重任。

第三组

长·江

明·沈周《京江送别图》

1. 种桑长江边，
　　三年望当采。
　　　　——晋·陶渊明《拟古九首·其九》

　　诗人以桑喻晋，具有明显的政治寓意。这两句诗的意思是：在江边种植桑树，指望三年可采桑叶。

2. 种莲长江边，
　　藕生黄檗浦。
　　　　——南北朝《读曲歌》

　　此诗出自《读曲歌》第七十一首，描写的是一对恋人艰难曲折的爱情经历。

3. 不知江月待何人，
　　但见长江送流水。
　　　　——唐·张若虚《春江花月夜》

　　这两句诗的意思是：不知道江上的月亮在等待着什么人，只见长江浩荡不息水东流。

4. 长江悲已滞，
　　万里念将归。
　　　　——唐·王勃《山中》

　　这是一首抒写羁旅之思的小诗。这两句诗的意思是：长江好似已经停止流淌，在为我悲伤；远游之人，思念着早日回归。

5. 孤帆远影碧空尽，
　　唯见长江天际流。
　　　　——唐·李白
　　　　《黄鹤楼送孟浩然之广陵》

　　这两句诗的意思是：孤船帆影渐渐消失在碧空尽头，只看见滚滚长江向天际奔流。

6. 黄鹤西楼月，
　　长江万里情。
　　　　——唐·李白《送储邕之武昌》

这是一首送别友人的诗，表现了诗人对储邕的怀念和对武昌的留恋。

7. 送尔长江万里心，
　　他年来访南山老。
　　　　——唐·李白
　　　　《金陵歌送别范宣》

这两句诗的意思是：今日送你归山，我的心和江水一起陪你逆流万里；来年有机会一定去终南山看望你。

8. 巨海一边静，
　　长江万里清。
　　　　——唐·李白
　　　　《赠升州王使君忠臣》

这首诗通过"巨海""长江"等意象，形成了广阔的意境，使人胸襟开阔。

9. 日暮长江里，
　　相邀归渡头。
　　　　——唐·储光羲《江南曲》

夕阳西下，一只只晚归的小船飘荡在迷人的江面上；船上的青年男女相互呼唤，交织成一首欢快的晚归曲。

10. 湛湛长江去，
　　冥冥细雨来。
　　　　——唐·杜甫《梅雨》

这首诗描写的是蜀中四月的情景。这两句诗的意思是：深而清的河水汇入长江，天空下起了蒙蒙细雨。

11. 无边落木萧萧下，
不尽长江滚滚来。
——唐·杜甫《登高》

这首诗情景交融，融情于景，将抑郁不得志的苦闷融于悲凉的秋景之中，使人读来尤为感伤。

12. 惆怅南朝事，
长江独至今。
——唐·刘长卿
《秋日登吴公台上寺远眺》

这是一首咏怀古迹的诗。这两句诗的意思：遥思南朝往事，不胜惆怅，只有长江从古到今奔流不息。

13. 长江一帆远，
落日五湖春。
——唐·刘长卿
《饯别王十一南游》

这是一首送别诗，写的是诗人与友人离别时的情景。这两句诗的意思是：朋友乘船沿长江向远处去了，诗人伫立在斜阳下，想象着友人即将游五湖的情景。

14. 好去长江千万里，
不须辛苦上龙门。
——唐·窦巩《放鱼》

这两句诗的意思是：今日我放了你（鱼），你去万里长江中自由自在地遨游去吧；登龙门时无人引导休想登上，何必辛辛苦苦，结果落得一场空。

15. 长江春水绿堪染，
莲叶出水大如钱。
——唐·张籍《春别曲》

这首诗写的是暮春景色。这两句诗的意思是：长江碧绿如染，刚刚露出水面的点点荷叶只有铜钱大小。

16. 欲寄两行迎尔泪，
　　长江不肯向西流。
　　　　——唐·白居易《得行简书，
　　　　　　闻欲下峡，先以诗寄》

这两句诗的意思是：我想把我等待你归来而流下的两行热泪寄给你，无奈奔流的长江不肯带着它向西流去。

17. **长江**人钓月，
　　旷野火烧风。
　　　　——唐·贾岛《寄朱锡珪》

这是一首五言律诗。这两句诗的意思是：长江一带的人们常在月下垂钓，空旷的原野上的火点燃了风。

18. 八月**长江**万里晴，
　　千帆一道带风轻。
　　　　——唐·崔季卿《晴江秋望》

这首诗写的是初秋的晴天，诗人在长江边眺望长江的场景，表达了诗人对长江磅礴气势的赞美之情。

19. 只恐**长江**水，
　　尽是儿女泪。
　　　　——唐·贯休《古离别》

在这两句诗中，诗人将儿女别离伤感之泪比喻成滔滔不绝的长江之水，联想奇妙，意味隽永。

20. 唯有**长江**水，无语东流。
　　　　——宋·柳永《八声甘州·对
　　　　　　潇潇暮雨洒江天》

这首词表达了词人对漂泊生涯的感慨和对情人的思念之情。这两句词的意思是：只有那滔滔的长江水，不声不响地向东流淌。

21. 长江东，长江西。两岸鸳
鸯两处飞。相逢知几时。
　　——宋·欧阳修《长相思·花似伊》

　　这几句词的意思是：一个住在长江的东边，一个住在长江的西边，好似两岸的鸳鸯在两处飞，（我们）什么时候才能再次相逢呢。

22. 高台不见凤凰游，
浩浩长江入海流。
　　——宋·郭祥正
《凤凰台次李太白韵》

　　这两句诗的意思是：登上金陵凤凰高台，已经看不见凤凰游的盛景了；只见浩浩长江汹涌澎湃，东流入海。

23. 三十三年，今谁存者？
算只君与长江。
　　——宋·苏轼
《满庭芳·三十三年》

　　这首词是苏轼被发配黄州时的作品。词的上片主要是刻画王长官的高洁人品。

24. 小沟东接长江，柳堤苇
岸连云际。
　　——宋·苏轼
《水龙吟·小沟东接长江》

　　这首词以景寄情。这两句词的意思是：小沟东临长江，柳岸一望无际。

25. 长江绕郭知鱼美，
好竹连山觉笋香。
　　——宋·苏轼《初到黄州》

　　这首诗揭示了苏轼初到黄州时复杂矛盾的心情。这两句诗的意思是：长江环抱城郭，鱼儿味道鲜美；茂竹漫山遍野，只觉阵阵笋香。

26. 我住长江头，君住长江尾。
　　　　　　——宋·李之仪
　　　　　　《卜算子·我住长江头》

　　这首词构思新巧、深婉含蓄。这两句词的意思是：我住在长江源头，君住在长江之尾。

27. 日日思君不见君，共饮长江水。
　　　　　　——宋·李之仪
　　　　　　《卜算子·我住长江头》

　　这两句词字面意思浅直，但词情深婉。这两句词的意思是：天天想念你总是见不到你，却共同饮着长江之水。

28. 长江滚滚蛟龙怒，扁舟此去何当还？
　　　　　　——宋·谢逸《送董元达》

　　这两句诗的意思是：长江滚滚东去，好似蛟龙发怒，掀波扬滔；你这次乘着扁舟离去，何时才能返回？

29. 长江千里，烟淡水云阔。
　　　　　　——宋·李纲《六幺令·次韵和贺方回金陵怀古鄱阳席上作》

　　这首词感慨深沉，怀古伤今。这两句词的意思是：千里长江，滚滚东去，眺望四方，江阔云低。

30. 长江千里。限南北、雪浪云涛无际。
　　　　　　——宋·李纲
　　　　　　《喜迁莺·晋师胜淝上》

　　这两句词展现了一幅长江形势图，只看到长江千里奔腾，一泻而下，阻隔南北。

31. 便挽取、长江入尊罍，
浇胸臆。
——宋·赵鼎《满江红·丁未
九月南渡泊舟仪真江口作》

这几句词的意思是：引取江水入酒杯，以浇我胸中块垒。全词文上片写景，写南渡路途凄惨；下片抒情，抒发词人国难当前时的忧虑之情。

32. 两宫何处，塞垣衹隔长
江，唾壶空击悲歌缺。
——宋·张元干《石州慢·己酉秋
吴兴舟中作》

这两句词写出了词人的满腔悲愤，表达了词人渴望收复中原的愿望。

33. 千古兴亡多少事？悠悠。
不尽长江滚滚流。
——宋·辛弃疾
《南乡子·登京口北固亭有怀》

这几句词的意思是：千百年的盛衰兴亡，不知经历了多少变化。往事连绵不断，如同奔流不息没有尽头的长江。

34. 且归来，谈笑护长江，
波澄碧。
——宋·辛弃疾
《满江红·建康史帅致道席上赋》

这几句词的意思是：现在暂且回到帅司，在谈笑中，就可以防守长江的天险，守好建康的大门。让碧波澄明的江水安静地流着。

35. 凭却长江，管不到，河
洛腥膻无际。
——宋·陈亮
《念奴娇·登多景楼》

这几句词的意思是：他们依仗着长江天险，自以为可以偏安一隅，哪里能管到广大中原地区，那里长期为异族势力所盘踞，人民呻吟辗转于铁蹄之下。

36. **长江**万里，难将此恨流去。
　　——宋·王澜《念奴娇·避地
　　　　　　　溢江书于新亭》

　　该词为怀乡之作。这两句词刻画了一个失去家国的悲怆流亡者的形象。

37. **长江**万里东注，晓吹卷惊涛。
　　——宋·吴潜
　　　　《水调歌头·焦山》

　　这两句词写的是，万里长江滚滚东流，伴着晨风卷起惊涛骇浪，突显了江水浩大的声势。

38. 大海边，**长江**内，多少渔矶？
　　——元·周德清
　　　　《沉醉东风·有所感》

　　这首小令语言严谨，意蕴深长。这几句的意思是：大海旁边，长江里面，有多少可供垂钓的水边岩石。

39. **长江**万里白如练，
　　淮山数点青如淀。
　　——元·周德清
　　　　《塞鸿秋·浔阳即景》

　　作品描绘了浔阳一带的景色。这两句的意思是：万里奔流的长江，像一匹白色的丝绢；对岸几处小点，像是染上了青色的颜料，那是淮地的远山。

40. **长江**浩浩西来，水面云山，山上楼台。
　　——元·赵禹圭
　　《折桂令·长江浩浩西来》

　　这几句的意思是：长江浩浩荡荡从西而来，到了镇江附近，巍峨的金山在江中突兀而起，山上楼台更是奇观。

41. 长江远映青山，回首难穷望眼。

      ——元·顾德润
    《醉高歌带摊破喜春来·旅中》

这两句的意思是：长江水远连天际，回头望不到边，只有小舟在芦苇中来回穿梭。"远映青山""难穷望眼"，反映了作者已在江上行驶了很远。

42. 滚滚长江东逝水，浪花淘尽英雄。

      ——明·杨慎
    《临江仙·滚滚长江东逝水》

这首咏史词借叙述历史兴亡抒发人生感慨，豪放中有含蓄，高亢中有深沉。这两句词的意思是：滚滚长江向东流，不再回头；多少英雄像翻飞的浪花一样消逝了。

43. 长江巨浪征人泪，一夜西风共白头。

      ——明·宋琬《江上阻风》

这两句诗的意思是：诗人远离家乡，想到妻儿不禁泪流满面，泪水滴落江中化作滔天巨浪。西风吹了一夜，水流更急，浪更大，仿佛长江也被风浪所阻，浪花似乎与诗人一样白了头。

44. 眼见长江趋大海，青天却似向西飞。

      ——清·孔尚任
    《北固山看大江》

这首诗是诗人在镇江北固山上看到长江东流之状时所作，构思颇新奇。这两句诗的意思是：滚滚长江向东奔流，一直流向大海，青天白云却似乎向西飞驰。

45. 衮衮**长江**萧萧木，送遥
天、白雁哀鸣去。
　　——清·纳兰性德《金缕曲·姜西
溟言别赋此赠之》

　　这两句词的意思是：长江
滚滚，落叶纷纷；大雁哀鸣着飞
去，又是一个送别的季节。

46. 万里**长江**横渡，极目楚
天舒。
　　——毛泽东《水调歌头·游泳》

　　这两句词表现了词人心境之
开阔，显示出词人的恢宏气度。
这两句词的意思是：横渡万里长
江，放眼望去，湖北一带的天空
是那样辽阔。

第四组

江·南

元·赵孟頫《鹊华秋色图》

1. 江南可采莲，
   莲叶何田田，
   鱼戏莲叶间。
   ——汉《江南》

这几句乐府诗的意思是：江南又到了适宜采莲的季节；莲叶浮出水面，迎风招展；在茂密如盖的荷叶下面，鱼儿在欢快地嬉戏。

2. 江南倦历览，
   江北旷周旋。
   ——南北朝·谢灵运
   《登江中孤屿》

这两句诗点明了诗人渡江北游的原因。该诗丽密，取势婉转，可谓匠心独运。

3. 江南无所有，
   聊赠一枝春。
   ——北魏·陆凯《赠范晔诗》

诗人的诚挚情感全凝聚在梅花上。这两句诗的意思是：江南没有好东西可以表达我的情感，姑且送给你一枝报春的梅花以表祝福。

4. 汀洲采白蘋，
   日落江南春。
   ——南朝梁·柳恽《江南曲》

这是一首闺怨诗。这两句诗的意思是：一位妇人在水中小洲上采摘白蘋，阳光照在水面上。

5. 江南有丹橘，
   经冬犹绿林。
   ——唐·张九龄《感遇十二首·其七》

这两句诗的意思是：江南的丹橘叶茂枝繁，经过寒冬仍然常青。诗人颂扬了橘树经得起严冬考验的品质。

6. 常有江南船，
　　寄书家中否。
　　　　——唐·王维《杂诗三首·其一》

　　这两句诗的意思是：沿河每天都有来自江南的小船，其中是否有丈夫从江南寄回的书信呢？

7. 唯有相思似春色，
　　江南江北送君归。
　　　　——唐·王维《送沈子归江东》

　　这首送别诗饱含劝勉和叙理想抱负之情。第一句点明送别之地，第二句点出"归江东"题意。

8. 正是江南好风景，
　　落花时节又逢君。
　　　　——唐·杜甫《江南逢李龟年》

　　这两句诗的意思是：现在正好是江南风景秀美的时候，在这暮春季节再次遇见了你。

9. 枕上片时春梦中，
　　行尽江南数千里。
　　　　——唐·岑参《春梦》

　　这是一首怀念朋友的古诗。这两句诗的意思是：不知不觉进入梦乡，在梦中只用了片刻工夫，就已经走完数千里路程到达江南了。

10. 二月江南花满枝，
　　他乡寒食远堪悲。
　　　　——唐·孟云卿《寒食》

　　这两句诗的意思是：二月的江南花开满枝头，但远在他乡过寒食节却深觉悲哀。

11. 还作江南会，
　　翻疑梦里逢。
　　　　——唐·戴叔伦
　　　　《客夜与故人偶集》

　　这两句诗的意思是：你我在江南相会，我怀疑是在梦中相逢。这两句诗充分表现了诗人惊喜交加的感情。

12. 更入几重离别恨，
　　江南歧路洛阳城。
　　　　——唐·柳中庸《听筝》

　　这两句诗的意思是：筝声本来就苦，何况又掺入了我的重重离别之恨；南北远离，相隔千里。

13. 日晚江南望江北，
　　寒鸦飞尽水悠悠。
　　　　——唐·严维《丹阳送韦参军》

　　这两句诗的意思是：夜晚我仍站在江南望江北；乌鸦都已归巢，只见江水悠悠。

14. 江南好，风景旧曾谙。
　　　　——唐·白居易《忆江南·江南好》

　　这两句词的意思是：江南是个好地方，我曾经很熟悉那里的风光。

15. 日出江花红胜火，春来江水绿如蓝。能不忆江南？
　　　　——唐·白居易《忆江南·江南好》

　　这几句词的意思是：清晨日出的时候，江边盛开的花朵的颜色鲜红，胜过火焰，碧绿的江水绿得胜过蓝草。怎能叫人不怀念江南？

16. 江南忆，最忆是杭州。
——唐·白居易《忆江南·江南忆》

这首词通过描绘杭州来验证"江南好"。这两句词的意思是：关于江南的回忆，最能唤起追思的是杭州。

17. 江南忆，其次忆吴宫。
——唐·白居易《忆江南·江南忆》

这首词点到吴宫，但主要是写人，写苏州的歌舞伎和词人自己。这两句词的意思是：江南的回忆，再来就是回忆吴宫。

18. 不道江南春不好，
年年衰病减心情。
——唐·白居易《南湖早春》

这两句诗的意思是：不是说江南的春天不好，而是我渐渐体弱多病，兴致也减少了。这两句诗显示出诗人遭到贬谪后消沉郁闷的心情。

19. 共惜盛时辞阙下，
同嗟除夜在江南。
——唐·白居易《除夜寄微之》

这两句诗的意思是：一起珍惜昌盛的时候辞去官职，一同嗟叹我们在江南过除夕。

20. 是岁江南旱，
衢州人食人。
——唐·白居易《轻肥》

这首诗运用了对比的方法，真切地展示了社会的不公。这两句诗的意思是：这一年江南大旱，衢州出现了人吃人的惨痛场景。

21. 吴娘暮雨萧萧曲，
自别江南更不闻。
——唐·白居易《寄殷协律》

这两句诗的意思是：听到歌姬在暮色里和着雨声的沧桑的歌曲；我又想到，自从在江南分别，到现在还没听到你的消息。

22. 江南江北望烟波，
　　入夜行人相应歌。
　　　　　——唐·刘禹锡
　　　　《堤上行三首·其二》

　　这两句诗的意思是：月照寒江，在夜色中隔江相望，烟波浩渺；两岸长堤之上，行人络绎不绝，歌声此起彼伏。

23. 闲梦江南梅熟日，夜船吹
　　笛雨萧萧。人语驿边桥。
　　　　　——唐·皇甫松
　　　　《梦江南·兰烬落》

　　这几句词的意思是：我昏昏欲睡，终于进入梦乡，梦中的江南正是青梅成熟的时节；在静谧的雨夜中，江中的行船上传来悠扬的笛声；桥上驿亭边也传出阵阵人语，（旅人）操着那久违的乡音，诉说着难忘的故事。

24. 落魄江南载酒行，
　　楚腰纤细掌中轻。
　　　　　——唐·杜牧《遣怀》

　　这两句诗写的是诗人回忆昔日在扬州的生活，意思是：失意潦倒，携酒漂泊于江湖；沉湎于楚灵王喜爱的细腰女子和赵飞燕的轻盈舞姿中。

25. 青山隐隐水迢迢，
　　秋尽江南草未凋。
　　　——唐·杜牧《寄扬州韩绰判官》

　　这是一首调笑诗。这两句写的是江南秋景，说明怀念故人的背景。它的意思是：青山隐隐，江水遥远；秋时已尽，江南草木尚未枯败。

26. 灯前一觉江南梦，
　　惆怅起来山月斜。
　　　——唐·韦庄《含山店梦觉作》

　　这是一首关于羁旅之思的经典之作。这两句诗的意思是：孤灯之下，（我）一觉醒来，仿佛刚才在睡梦中回到了江南；心情惆怅，起身出屋，看见一轮明月已经斜挂在山顶。

27. 更把玉鞭云外指，
    断肠春色在江南。
    ——唐·韦庄《古离别》

这两句诗的意思是：离人举起华贵的马鞭指向他将前往的江南。想到此去良辰美景难有人与之共享，因此感到肝肠寸断。

28. 人人尽说江南好，游人
    只合江南老。
    ——唐·韦庄
    《菩萨蛮·人人尽说江南好》

这首词抒发了词人漂泊难归的愁苦。这两句词的意思是：人人都说江南好，而来到这儿的游人只想在江南慢慢变老。

29. 江南江北旧家乡，
    三十年来梦一场。
    ——五代·李煜
    《渡中江望石城泣下》

这首诗写出了诗人失国失家后的落魄景象和凄凉心境。这两句诗的意思是：江南也好江北也罢，原来都是我的家乡；三十年过去了，就像做了一场梦。

30. 不管烟波与风雨，
    载将离恨过江南。
    ——宋·郑文宝《柳枝词》

这两句诗的意思是：无论是烟波浩荡，还是风吹雨打；它总是载着满船离愁别恨，驶向江南。

31. 雨恨云愁，江南依旧称
    佳丽。
    ——宋·王禹偁《点绛唇·感兴》

这首词是北宋最早的小令之一，也是词人唯一的传世之作。这两句词的意思是：雨绵绵，恨意难消，云层层，愁绪堆积；江南景色，依旧美好。

32. 江南春尽离肠断，蘋满
    汀洲人未归。
    ——宋·寇准《江南春·波渺渺》

这首词抒发了女子怀人伤春的情愫。这两句词的意思是：江南的春天已经过去，离人愁思萦绕；汀州上长满了蘋花，心上人还未归来。

33. 忆着江南旧行路，
    酒旗斜拂堕吟鞍。
    ——宋·林逋
    《山园小梅二首·其二》

这首诗表达了诗人对梅花的无比深情。诗人赋予梅花以人的品格，与梅花的关系达到了精神上的契合。

34. 江南月，清夜满西楼。
    ——宋·王琪
    《望江南·江南月》

这首咏月词，借景抒怀，托物言情。这两句词的意思是：一个天朗气清的秋夜，明亮的月光洒满了西楼。

35. 独倚阑干心绪乱。芳草
    芊绵，尚忆江南岸。
    ——宋·欧阳修
    《蝶恋花·画阁归来春又晚》

这几句词的意思是：自己孤独地靠着栏杆，心思如麻又烦乱。芳草萋萋，不禁忆起了水乡江南。

36. 隐隐歌声归棹远。离愁
    引著江南岸。
    ——宋·欧阳修
    《蝶恋花·越女采莲秋水畔》

这两句词的意思是：远处隐隐传来了棹歌声；那歌声愈去愈远，余音袅袅，似是洒下了一路离愁。

37. 春风又绿江南岸，
明月何时照我还？
————宋·王安石《泊船瓜洲》

这是一首抒情诗，抒发了诗人的思乡之情。这两句诗的意思是：和煦的春风又吹绿了大江南岸，明月什么时候才能照着我回到钟山下的家里。

38. 三十六陂春水，
白头想见江南。
————宋·王安石
《题西太一宫壁二首·其一》

这首诗是诗人到京城后重游西太一宫时即兴吟成，后将其题写在墙壁上。这两句诗的意思是：看到了池塘中的春水，让已经白头的我回想起了江南。

39. 若到江南赶上春，千万
和春住。
————宋·王观
《卜算子·送鲍浩然之浙东》

这首词是一首送别之作。这两句词的意思是：要是到江南赶上春天，千万要把春天的景色留住。

40. 试问江南诸伴侣，谁似
我，醉扬州。
————宋·苏轼
《江城子·墨云拖雨过西楼》

这几句词的意思是：词人固然度过了一段美好的时光，暂时忘掉了一切，但想到百姓的疾苦和自己的遭际，顿感愁苦，只能借酒消愁。

41. 蜀客到江南，长忆吴山好。
————宋·苏轼《卜算子·感旧》

这首词表现了词人对杭州的怀念。这两句词的意思是：四川的人来到江南，会把江南的风光牢牢记在心里。

42. 扁舟一棹归何处？
家在江南黄叶村。
——宋·苏轼
《书李世南所画秋景二首·其一》

这两句诗的意思是：一叶扁舟飞快地行进，它将要漂去哪里呢？应该是回到江南的黄叶村。

43. 遥知朔漠多风雪，
更待江南半月春。
——宋·苏轼《惠崇春江晚景》

这两句诗的意思是：远隔千里就已经知道北方的沙漠多风雪，还是在江南再度过半月时光吧。

44. 长记平山堂上，欹枕江南烟雨，杳杳没孤鸿。
——宋·苏轼《水调歌头·黄州快哉亭赠张偓佺》

这几句词的意思是：这让我想起当年在平山堂的时候，靠着枕席，欣赏江南的烟雨，遥望远方天际孤鸿渐逝的情景。

45. 江南腊尽，早梅花开后，分付新春与垂柳。
——宋·苏轼《洞仙歌·咏柳》

这几句词的意思是：江南的腊月将尽，早梅的花瓣已然凋落，早春信息只能付于垂柳了。

46. 仍传语，江南父老，时与晒渔蓑。
——宋·苏轼
《满庭芳·归去来兮》

这几句词的意思是：再三致语，黄州的父老乡亲，一定记得晴时替我晾晒渔蓑。

47. 覆块青青麦未苏，江南云叶暗随车。

——宋·苏轼
《浣溪沙·覆块青青麦未苏》

这两句词的意思是：覆盖着的田畦里，小麦还没有返青；像云一样的枯叶悄悄地在车轮下飘着。

48. 江南游女，问我何年归得去。

——宋·苏轼
《减字木兰花·江南游女》

这首词是词人临行之前写给妻子王朝云的，表达了二人对未来美好生活的愿景。这两句词的意思是：流落黄州的歌女，问我哪一年能回朝廷？

49. 梦入江南烟水路，行尽江南，不与离人遇。

——宋·晏几道
《蝶恋花·梦入江南烟水路》

这首词有着淡而有味、浅而有致的独特风格。这几句词的意思是：（词人）梦中走向烟水迷蒙的江南，走遍了江南大地，也未能与离别的心上人相遇。

50. 故人早晚上高台，赠我江南春色、一枝梅。

——宋·舒亶
《虞美人·寄公度》

这首词上片写景，下片抒情，用笔极疏隽。

51. 未到江南先一笑，岳阳楼上对君山。

——宋·黄庭坚
《雨中登岳阳楼望君山》

这首诗抒发了诗人遇赦归来的喜悦之情。这两句诗的意思是：还未回到江南故地，却早已抑制不住内心的喜悦；先登上岳阳楼，看一看对面湖中的君山。

52. 老子平生，江南江北，最爱临风笛。

——宋·黄庭坚
《念奴娇·断虹霁雨》

这首词以豪健的笔力，表现了词人面对人生磨难时旷达的襟怀，还表现了词人荣辱不萦于怀、浮沉不系于心的人生态度。

53. 小桃灼灼柳鬖鬖，春色
满江南。

——宋·黄庭坚
《诉衷情·小桃灼灼柳鬖鬖》

这首短短四十四个字的小令，江南春景层层叙写，逐步展现，情景兼备，堪称佳作。

54. 春风春雨花经眼，
江北江南水拍天。

——宋·黄庭坚《次元明韵寄子由》

这两句诗的意思是：又是春风、春雨，又是春花过眼；我怅望着江南和江北，只见到波浪拍天。

55. 天涯也有江南信。梅破
知春近。

——宋·黄庭坚
《虞美人·宜州见梅作》

这两句词的意思是：在宜州看到梅花开放，知道春天即将来临。夜尽时，迟迟闻不到梅花的香味，以为梅花还没有开放。

56. 苦笋鲥鱼乡味美，梦江南。

——宋·贺铸
《梦江南·九曲池头三月三》

这首小词上片写京都春景，下片写江南春景。这两句词的意思是：这使我常常梦见故乡江南，那里的苦笋、鲥鱼味道很鲜美。

57. 憔悴江南倦客，不堪听、
急管繁弦。

——宋·周邦彦
《满庭芳·夏日溧水无想山作》

这两句词的意思是：我这疲倦、憔悴的江南游子，再不忍听激越、繁复的管弦。

58. 望断江南山色远，人不
见，草连空。

——宋·谢逸
《江神子·杏花村馆酒旗风》

这几句词的意思是：远远望去，江南青山隐隐，相思离别之情油然而生；意中人远在江南可望而不可见，可见的唯有春草与天相接，延伸到远方。

59. 江南江北雪漫漫，遥知
易水寒。
　　——宋·向子諲《阮郎归·绍兴
乙卯大雪行鄱阳道中》

　　这两句作为这首词的开篇，气势壮阔，为全词营造了一种寒冷空旷的氛围。

60. 江南岸，柳枝；江北岸，
柳枝；折送行人无尽时。
　　——宋·朱敦儒
《柳枝·江南岸》

　　这是一首女子送别词。词人通过对江南折柳送别情景的刻画，写出了一个女子送丈夫进京求取功名时的心情。

61. 江南几度梅花发，人在
天涯鬓已斑。
　　——宋·刘著《鹧鸪天·雪照
山城玉指寒》

　　这两句词的意思是：江南的梅花开了又落，落了又开，不知开落了几次。我在天涯漂泊，两鬓已如此斑白了。

62. 含春雨，结愁千绪。似
忆江南主。
　　——宋·王十朋
《点绛唇·素香丁香》

　　在这首词中，无情的植物化为词人心志的寄托。这几句词的意思是：她在春雨中愁绪满怀，好像在怀念故土江南。

63. 平生塞北江南，归来华
发苍颜。
　　——宋·辛弃疾《清平乐·独宿博山
王氏庵》

　　这首词描绘了一幅萧瑟破败的风情画。这两句词的意思是：从塞北到了江南；如今归隐山林，已是容颜苍老，满头白发。

64. 落日楼头，断鸿声里，
江南游子。
——宋·辛弃疾《水龙吟·登建康
赏心亭》

这首词是词人登上建康的赏心亭，极目远望祖国的山川风物，有感而作。这几句词的意思是：夕阳西下之时，落日斜挂在楼头；孤雁哀鸣，从天空划过，或许映照着我这流落江南的思乡游子。

65. 家住**江南**，又过了、清
明寒食。
——宋·辛弃疾
《满江红·暮春》

这是一首伤春相思词，写一位空闺女子怀念情人而又羞涩难言的状态。这几句词的意思是：我的家住在江南，又过了一次清明寒食节。

66. 昭君不惯胡沙远，但暗
忆、**江南**江北。
——宋·姜夔
《疏影·苔枝缀玉》

这首词既歌咏梅花，又歌咏佳人。这几句词的意思是：就像王昭君远嫁匈奴，不习惯大漠的荒寒，暗暗怀念江南、江北的故土。

67. 看尽鹅黄嫩绿，都是**江
南**旧相识。
——宋·姜夔
《淡黄柳·空城晓角》

这两句词的意思：我独自骑在马上，只着一件单衣裳，感觉有阵阵寒气袭来；看遍路旁垂柳由鹅黄变为嫩绿，如同在江南时见过的那样。

68. 萋萋多少**江南**恨，翻忆
翠罗裙。
——宋·高观国《少年游·草》

这首词抒发了词人的离愁别恨。这两句词的意思是：芳草遮盖了伊人的足迹，给人留下多少相思别离之恨，使人追忆起像绿草地一样的翠罗裙。

69. 江南江北愁思，分付酒
　　螺红。
　　　　　　——宋·方岳
　　　　《水调歌头·平山堂用东坡韵》

　　这两句词的意思是：一个人辗转大江南北，多少忧愁思绪都付之一醉，暂且忘却吧。

70. 伤心千里江南，怨曲重
　　招，断魂在否？
　　　　　　——宋·吴文英
　　　　《莺啼序·春晚感怀》

　　这几句词的意思是：江南处处令我伤心，你的灵魂是否就在眼前，可否听到了我哀怨的辞章？

71. 从今别却江南路，
　　化作啼鹃带血归。
　　　　　　——宋·文天祥
　　　　《金陵驿二首·其一》

　　这两句诗的意思是：现在要离开这个熟悉的老地方了，从此以后南归无望；等我死后让魂魄归来吧。

72. 伤离别。江南雁断音书绝。
　　　　　　——宋·何梦桂
　　　　《忆秦娥·伤离别》

　　这两句词的意思是：为别离伤感，江南的大雁无法传来你的消息。

73. 只恐江南春意减，
　　此心元不为梅花。
　　　　　　——元·刘因《观梅有感》

　　这两句诗的意思是：或许这北方的梅花，在经历了战争后，也梦想着能够植根于林逋的孤山梅园中吧。

74. 侬是江南游冶子，乌帽
　　青鞋，行乐东风里。
　　　　　　——元·赵孟頫
　　　　《蝶恋花·侬是江南游冶子》

　　这首词寄托的是词人的故国之思，同时也含有一种年华虚度的伤感。这几句词的意思是：我是江南浪荡才子，穿着闲居时的常服，在这春风中尽情玩乐。

第五组

江·水

1. 令沅湘兮无波，
   使江水兮安流。
   ——战国·屈原《九歌》

这两句诗的意思是：令沅水、湘水风平浪静，让长江安安静静地流。

2. 山无陵，
   江水为竭。
   ——汉《上邪》

这首诗句式短长错杂，随情而变。音节短促，字句跌宕起伏。这两句诗的意思是：除非大山失去了棱角，除非滔滔江水干涸断流。

3. 山烟涵树色，
   江水映霞晖。
   ——南朝梁·何逊
   《日夕出富阳浦口和朗公诗》

这两句诗的意思是：时已黄昏，烟霭四起，在山间弥漫，将林木遮蔽。放眼望去，黄昏的江面上，粼粼江水，映衬着绚丽的晚霞。

4. 探手抱腰看，
   江水断不流。
   ——隋《莫愁乐·闻欢下扬州》

这首诗无一语正面述情，全由动作、景物加以衬托，但读来唯觉感情深、情态真。这两句诗的意思是：两人伸手抱腰看，只见江水不断东流。

5. 江水流春去欲尽，
   江潭落月复西斜。
   ——唐·张若虚《春江花月夜》

诗人以月为主体，以江为场景，描绘了一幅幽美邈远的春江月夜图，抒发了游子思妇的离情别绪及人生感慨。这两句诗的意思是：江水奔流似乎要将春光带走，水潭上的月亮也要西沉了。

6. 江水侵天去不还，
　　楼花覆帘空坐攀。
　　　　——唐·卢僎《十月梅花书赠》

在这首诗里，诗人把写景、叙事、抒情与议论紧密结合，使诗的意境雄浑深远，既动人心，又耐人寻味。

7. 峨眉山月半轮秋，
　　影入平羌江水流。
　　　　——唐·李白《峨眉山月歌》

这首诗语言浅显，音韵流畅。这两句诗的意思是：半轮明月高高悬挂在峨眉山前，月影倒映在平羌江澄澈的水面上。

8. 江水九道来，
　　云端遥明没。
　　　　——唐·李白《登梅冈望金陵
　　　　赠族侄高座寺僧中孚》

两句诗的意思是：城边的江水分九道而来，又仿佛远上云端离去。

9. 正西望长安，
　　下见江水流。
　　　　——唐·李白
　　　　《秋浦歌十七首·其一》

这两句诗的意思是：站在山顶西望长安，只见长江之水正滚滚东流。一个"望"字，透露了诗人深沉的忧愤。

10. 寄言向江水，
　　汝意忆侬不。
　　　　——唐·李白《秋浦歌十七首·其一》

这两句诗的意思是：我问江水，你还记得我吗？

11. 襄王云雨今安在？
　　江水东流猿夜声。
　　　　——唐·李白《襄阳歌》

这两句诗的意思是：楚襄王的云雨之梦哪里去了？在这静静的夜晚所见到的只有月下的江水，所听到的只有夜猿的悲啼声。

12. 眼看帆去远，
　　心逐江水流。
　　　　——唐·李白《江夏行》

　　这首诗采用女子口吻的代言体形式，写出了江夏女子的遭遇。这两句诗的意思是：眼看帆已远去，我的心也随江水逐他而去。

13. 莫持西江水，
　　空许东溟臣。
　　　　——唐·李白《赠友人三首·其三》

　　诗人运用大量典故，表达了与友人的深厚情谊。这两句诗的意思是：别用遥远处的西江水，空口向快要渴死的东海溟臣许诺。

14. 落花一片天上来，
　　随人直度西江水。
　　　　——唐·李白《示金陵子》

　　这两句诗以一片落花喻指金陵子，形容她好像仙女，气韵不凡，自天降落人间，随人们一起渡过西江水，来到金陵。

15. 地拥金陵势，
　　城回江水流。
　　　　——唐·李白《金陵三首·其二》

　　这首诗用盛衰对照的手法，抒写兴亡之感，借以示警当世。这两句诗的意思是：金陵地势雄壮，江水空摇，高墙巍峨不动。

16. 江水流或卷，
　　此心难具论。
　　　　——唐·李白《赠别从甥高五》

　　这首诗抒发了诗人理想不能实现的感慨。这两句诗的意思是：水流有时会时弯时曲，我心中的愁绪却难以一一发泄出来。

17. 思君不可得，
    愁见江水碧。
    ——唐·李白《江行寄远》

这两句诗的意思是：刚刚离别一天就想你了，只看到碧绿的江水，平添愁绪。

18. 朱阑将粉堞，
    江水映悠悠。
    ——唐·王维《送康太守》

这两句诗的意思是：黄鹤楼的朱栏和城墙挨得很近，美景把江水映照得更加悠长。

19. 自从献宝朝河宗，
    无复射蛟江水中。
    ——唐·杜甫
    《韦讽录事宅观曹将军画马图》

这是一首题画诗。这两句诗的意思是：譬如河宗献宝之后穆王归天，唐玄宗再也不能去江中射蛟。

20. 中巴之东巴东山，
    江水开辟流其间。
    ——唐·杜甫
    《夔州歌十绝句·其一》

这两句诗的意思是：三峡两岸连山，从天地开辟以来，江水就流于巴东群山之间。

21. 人生有情泪沾臆，
    江水江花岂终极！
    ——唐·杜甫《哀江头》

这两句诗的意思是：人生有情，泪水沾湿了胸臆，江水的流淌和江花的开放哪里会有尽头！

22. 焉得并州快剪刀，
    剪取吴淞半江水。
    ——唐·杜甫
    《戏题王宰画山水图歌》

这两句诗的意思是：他能在一尺见方的画面上绘出万里江山，就好像并州的剪刀把吴淞江的江水剪了一半！

23. 黄师塔前江水东，
春光懒困倚微风。
　　——唐·杜甫
《江畔独步寻花七绝句·其五》

　　这首诗写的是诗人到黄师塔前看花。这两句诗的意思是：黄师塔前那一江的碧波滚滚向东流；温暖的春天使人困倦，只想倚着春风小憩。

24. 世情已逐浮云散，
离恨空随江水长。
　　——唐·贾至
《巴陵夜别王八员外》

　　这两句诗的意思是：人世间的悲欢离合、盛衰荣辱，如同浮云一样，都是过眼云烟；可是，依依离情却像那悠长的江水一样，绵绵不绝。

25. 东归复得采真游，
江水迎君日夜流。
　　——唐·韩翃《送客归江州》

　　这两句诗的意思是：你此番东归故里，又可以做庄子所说的采真之游了；日夜奔流不息的江水，是在欢迎你回去。

26. 更上高楼望江水，
故乡何处一归船。
　　——唐·顾况《登楼望水》

　　这首诗写出了诗人身处异乡而不得归的忧愁之情。这两句诗的意思是：还要上高楼眺望绵绵江水，故乡哪个地方会迎来一只归船。

27. 蜀江水碧蜀山青，
圣主朝朝暮暮情。
　　——唐·白居易《长恨歌》

　　这是一首千古绝唱的叙事诗。这两句诗的意思是：蜀地山清水秀，勾起了君王的相思情。

28. 去来江口守空船，
　　绕船月明江水寒。
　　　　——唐·白居易《琵琶行》

这两句诗的意思是：他离开了，留下我在江口孤守空船；秋月与我做伴，绕舱的秋水凄寒。

29. 杨柳青青江水平，
　　闻郎江上踏歌声。
　　　　——唐·刘禹锡
　　　　《竹枝词二首·其一》

这首诗采用白描手法，语言清新活泼，生动流畅。这两句诗的意思是：岸上杨柳青，江中风浪平；岸上忽然传来情郎那熟悉的唱歌声。

30. 筠竹千年老不死，
　　长伴神娥盖江水。
　　　　——唐·李贺《湘妃》

这两句诗的意思是：千年的斑竹林还是那么青翠，长伴着神娥，遮掩着青碧的江水。

31. 妾梦不离江水上，
　　人传郎在凤凰山。
　　　　——唐·张潮《江南行》

这首诗明快、语浅，深得民歌的精髓。这两句诗的意思是：我的梦离不开江上的流水，人们说你已经到了凤凰山。

32. 后主荒宫有晓莺，
　　飞来只隔西江水。
　　　　——唐·温庭筠
　　　　《春江花月夜词》

这两句诗以陈后主荒宫中的晓莺仅需飞过西江就能到达隋炀帝的江都皇宫之事，喻示隋炀帝荒淫无道，距离亡国也不远了。

33. 深知身在情长在，
    怅望江头江水声。
    ——唐·李商隐
    《暮秋独游曲江》

这是一首悼念爱人的小诗。这两句诗的意思是：只要身在人世，情意就能永存；多少惆怅，只有那流不尽的江水声。

34. 汉江远吊西江水，
    羊祜韦丹尽有碑。
    ——唐·李商隐
    《赠司勋杜十三员外》

诗人盛赞杜牧的文才武略。这两句诗是说，杜牧文才超凡，奉诏撰写的丰碑，必将如羊祜碑一样流传千古，不朽于世。

35. 前峰月映半江水，
    僧在翠微开竹房。
    ——唐·任翻《宿巾子山禅寺》

这两句诗的意思是：前面山峰的影子倒映在江面上；在一片翠绿之中隐约可以看到一位老僧，轻轻推开了竹门。

36. 忆君心似西江水，
    日夜东流无歇时。
    ——唐·鱼玄机
    《江陵愁望寄子安》

这两句诗的意思是：不见情郎归，小女子非常焦灼；我对情郎的思念如西江之水绵延不绝，流水有多长，我的思念就有多久。

37. 江水沉沉帆影过，
    游鱼到晚透寒波。
    ——五代·阎选
    《定风波·江水沉沉帆影过》

这几句诗的意思是：江水深沉，帆船的影子从江面上掠过；水中的鱼从早到晚在寒冷的江水中游动。

38. 庙前江水怒为涛。千古恨犹高。

——宋·潘阆
《忆余杭·长忆吴山》

这两句词的意思是：江水也表示愤慨而激起汹涌的怒涛，即使过了千百年，至今仍无比憎恨夫差。

39. 江水漾西风，
江花脱晚红。

——宋·王安石《江上》

这首诗描绘了江上的秋色，表达了诗人对亲人的思念之情。这两句诗的意思是：江上秋风阵阵，水波荡漾；岸上的红花也脱下红装，渐渐凋谢。

40. 造物亦知人易老，
故教江水向西流。

——宋·苏轼
《八月十五日看潮五绝·其三》

这首诗写的是诗人看潮后兴起的感慨。这两句诗的意思是：造物者也知道人很容易老去，所以让江水向西流。

41. 我家江水初发源，
宦游直送江入海。

——宋·苏轼《游金山寺》

这首诗写景咏怀。这两句诗的意思是：我的家乡地处长江源头；为官出游，（船）却随滚滚江水向东进入大海。

42. 江水似知孤客恨。南风
为解佳人愠。

——宋·苏轼
《渔家傲·送台守江郎中》

这是一首"送客词"，表现了词人对友人深深的怀念之情。这两句词的意思是：钱塘江水好像懂得了我的苦闷心绪，温暖平和的南风飘然而过。

43. **江水**西头隔烟树。望不
见、江东路。
　　　　——宋·黄庭坚
　　《望江东·江水西头隔烟树》

　　这首词写于黄庭坚被贬谪西
南时。这几句词的意思是：站在
西岸向东岸眺望，视线被如烟似
雾的树林隔断，看不到江东路上
走来的情人。

44. 洞庭之东**江水**西，
帘旌不动夕阳迟。
　　　　——宋·陈与义
　　《登岳阳楼二首·其一》

　　这两句诗的意思是：岳阳楼
矗立在洞庭湖以东长江以西；落
日缓缓下沉，楼阁上的牌子一动
不动。

45. 欲凭**江水**寄离愁，江已
东流那肯更西流。
　　　　——宋·范成大
　　《南柯子·怅望梅花驿》

　　这是一首抒发离愁别绪之
作。这两句词的意思是：想借助江
水寄托离愁别绪，可是江水是向东
流的，哪里能够流向西边呢？

46. **江水**浸云影，
鸿雁欲南飞。
　　　　——宋·朱熹
　　《水调歌头·隐括杜牧之齐山诗》

　　这两句词的意思是：云朵的
影子浸在江水里，鸿雁正打算向
南飞。

47. 老父田荒秋雨里，
旧时高岸今**江水**。
　　　　——宋·范成大《后催租行》

　　这两句诗的意思是：连绵的
秋雨下个不停，老农看着荒芜的
田地深深叹息；滚滚江水流过的
地方，原来是岸边的高地。

48. 君看檐外江水，滚滚自东流。

　　　　——宋·辛弃疾
　　　　《水调歌头·送杨民瞻》

　　这首词写了宇宙无穷，流光飞逝，时不我待，抒发了词人壮志难酬的感慨。这两句词的意思是：您看屋檐外的江水，滚滚向东流去。

49. 江水苍苍，望倦柳愁荷，共感秋色。

　　　　——宋·史达祖
　　　　《秋霁·江水苍苍》

　　这几句词的意思是：江水苍茫无际，眼见败柳似倦、残倦如愁，我跟柳荷共同感受到了秋意。

50. 他家万条千缕，解遮亭障驿，不隔江水。

　　　　——宋·彭元逊《六丑·杨花》

　　这是一首咏物词。词人赋予杨花以人性，借花之飘零写自己流离失所的悲哀。

51. 江水澄澄江月明，江上何人擣玉筝？

　　　　——元·张可久《凭阑人·江夜》

　　这是一首描写月夜于江上听筝的小令。语虽短而意缠绵，词虽淡而情至深。这两句的意思是：江水清澈，江月空明，江上是谁在弹拨玉筝？

52. 远人南去，夕阳西下，江水东来。

　　　　——元·徐再思
　　　　《人月圆·甘露怀古》

　　此曲怀古伤今，抒发人世沧桑之感和羁旅寥落之情。这几句的意思是：游人都已归去，暮色已深，只有大江日夜奔腾不息，淘尽了千古英雄人物。

53. 断虹远饮横江水，万山
　　紫翠斜阳里。
　　　　——宋·洪璨《菩萨蛮·宿水口》

　　这两句词的意思是：一道断虹斜插于东南方的长江之上，在夕阳斜照下一片紫翠。

54. 谁谓江水清？
　　淆之不必一斗泥。
　　　　——明·刘基《梁甫吟》

　　刘基的这首诗借古讽今，抨击了元末忠臣被弃、小人得志的政治现象。

55. 江水东流不复回，
　　云帆万里向西开。
　　　　——明·金九容《江水》

　　这两句诗的意思是：江水向东流淌一去不复还；挂起直入云霄的风帆一路向西，不觉已是万里之遥。

56. 江水三千里，
　　家书十五行。
　　　　——明·袁凯《京师得家书》

　　这是一首思乡诗。这两句诗的意思是：绵绵的江水有三千里长，家书有十五行那么长。

57. 采之遗所思，
　　含情似江水。
　　　　——元·吕诚《江水
　　辞送友人之龙江二首·其二》

　　这两句诗的意思是：踏过江水去采莲花，到兰草生长的沼泽地采兰花。采了花要送给谁呢？想要送给那远在故乡的爱妻。

58. 年华共，混同江水，流
　　去几时回。
　　　　　　——清·纳兰性德
　　　　　　《满庭芳·堠雪翻鸦》

这几句词的意思是：老去的年华就像松花江的水，流走了什么时候会回来呢？从中我们可以看出词人长期积于心中的愁苦。

59. 平生纵有英雄血，
　　无由一溅荆江水。
　　　　——清·纳兰性德《送荪友》

这两句诗的意思是：纵有满腔热血，也无法驰骋疆场；血洒荆江，报效国家。

第六组

流·水

清·樊圻《柳溪渔乐图》

1. 荒忽兮远望，
   观流水兮潺湲。
   ——战国·屈原《九歌·湘夫人》

《九歌》代表了屈原艺术创作的最高成就。这两句的意思是：恍恍惚惚向远方眺望；但见湘江北去，流水潺潺。

2. 流水本自断人肠，
   坚冰旧来伤马骨。
   ——北朝·卢思道《从军行》

这两句诗的意思是：别离后的时光飞逝似流水，使人有断肠之痛；塞外的苦战和寒冷使战马之骨都屡屡受伤。

3. 不闻爷娘唤女声，
   但闻黄河流水鸣溅溅。
   ——北朝《木兰诗》

《木兰诗》是中国南北朝时期北方的一首长篇叙事民歌，也是一篇乐府诗。这两句诗的意思是：听不到父母呼唤女儿的声音，只听到黄河的水流声。

4. 寒鸦飞数点，
   流水绕孤村。
   ——隋·杨广《失题》

这两句诗的意思是：寒鸦点点，上下翻飞；流水潺潺，环绕孤村。

5. 不知江月待何人，
   但见长江送流水。
   ——唐·张若虚《春江花月夜》

这两句诗的意思是：不知道江上的月亮在等待什么人，只见长江一直运送流水。

6. 桃花尽日随流水，
   洞在清溪何处边。
   ——唐·张旭《桃花溪》

这两句诗的意思是：这里的桃花随着流水终日漂流不尽，这不就是桃花源外的桃花溪吗？你可知桃源洞口在清溪的哪边？

7. 请君试问东流水，
   别意与之谁短长。
   ——唐·李白《金陵酒肆留别》

这是一首诗人即将离开金陵东游扬州时，留赠友人的话别诗，篇幅虽短，但情深意长。这两句诗的意思是：请你问问东流的江水，离情别意与它比谁短谁长。

8. 桃花流水窅然去，
   别有天地非人间。
   ——唐·李白《山中问答》

这是一首诗意淡远的七言绝句。这两句诗的意思是：桃花飘落，溪水随之远去；此处别有天地，真如仙境一般。

9. 古人今人若流水，
   共看明月皆如此。
   ——唐·李白《把酒问月·故人贾淳令予问之》

这两句诗的意思是：古人与今人如流水般，只是匆匆过客，共同看到的月亮都是如此。

10. 客心洗流水，
    余响入霜钟。
    ——唐·李白《听蜀僧濬弹琴》

这两句诗的意思是：我的心像被流水洗涤过；余音缭绕，应和着霜钟。

11. 世间行乐亦如此，
    古来万事东流水。
    ——唐·李白《梦游天姥吟留别》

这两句诗的意思是：人世间的欢乐也像梦中的幻境一样，自古以来万事都像东流的水一样一去不复返。

12. 鼎湖流水清且闲，
    轩辕去时有弓剑。
    ——唐·李白
    《飞龙引二首·其二》

这几句诗的意思是：鼎湖的水静静流淌，清澈见底；传说这里就是黄帝乘龙飞天时不小心遗落弓、剑的地方。

13. 镜湖流水漾清波，
    狂客归舟逸兴多。
    ——唐·李白《送贺宾客归越》

这几句诗的意思是：镜湖的水面犹如明镜一般，您归来荡舟尽显豪放之情。

14. 连山去无际，
    流水何时归。
    ——唐·李白《秋夕旅怀》

这两句诗的意思是：诗人放眼望去，只看到层叠的山峦，没有看到家乡的影子；流水向远处流去，不知何时才能归来，就像诗人不知道何时能归家一样。

15. 流水如有意，
　　暮禽相与还。
　　　　——唐·王维《归嵩山作》

这首诗写的是诗人辞官归隐途中所见的景色和心情。这两句诗的意思是：流水好像对我充满了情意，傍晚的鸟儿随我一同回还。

16. 山中有流水，
　　借问不知名。
　　　　——唐·储光羲《咏山泉》

这是一首山水诗。这两句诗的意思是：山中有一股泉水；向别人询问这股泉水叫什么名字，却没有人知道。

17. 时有落花至，
　　远随流水香。
　　　　——唐·刘眘虚《阙题》

这首诗句句写景，诗情画意。这两句诗的意思是：不时有落花随溪水漂流而至，远远就可闻到水中的芳香。

18. 流水传潇浦，
　　悲风过洞庭。
　　　　——唐·钱起《省试湘灵鼓瑟》

这两句诗的意思是：乐声顺着流水传到湘江，化作悲风飞过浩渺的洞庭湖。

19. 鸟向平芜远近，
　　人随流水东西。
　　　　——唐·刘长卿
　　《谪仙怨·晴川落日初低》

这两句诗的意思是：鸟儿在空旷的原野上一会儿近一会儿远地飞翔，闲人在船上任凭溪水忽东忽西地飘荡。

20. 西塞山前白鹭飞，
　　桃花流水鳜鱼肥。
　　　　　　——唐·张志和
　　　　《渔歌子·西塞山前白鹭飞》

　　这首词描写了江南水乡春汛时的山光水色和渔人形象。这两句词的意思是：白鹭在西塞山前自由翱翔；江岸桃花盛开，春水初涨，水中鳜鱼肥美。

21. 浮云一别后，
　　流水十年间。
　　　　　　——唐·韦应物
　　　　《淮上喜会梁州故人》

　　这首诗写的是诗人在淮上喜遇梁州故人的情况。这两句诗的意思是：离别后如浮云飘浮不定，岁月如流水一晃过了十年。

22. 汉家萧鼓空流水，
　　魏国山河半夕阳。
　　——唐·李益《同崔邠登鹳雀楼》

　　诗人将黄昏落日景色和遐想沉思融为一体，精警含蓄。

23. 犹有桃花流水上，无
　　辞竹叶醉尊前。惟待
　　见青天。
　　　　　　——唐·刘禹锡
　　　　《忆江南·春去也》

　　这几句词的意思是：只见依然有桃花飘落在流水中，哪怕将竹叶青美酒一饮而尽，醉倒在了酒杯前。只希望能等到雨过天晴、重见青天的时候。

24. 繁华事散逐香尘，
　　流水无情草自春。
　　　　——唐·杜牧《金谷园》

　　这首诗是杜牧过金谷园触景生情，写下的一首咏春吊古之作。这两句诗的意思是：凡尘往事，已跟香尘一样飘荡无存；流水无情，野草却年年以碧绿迎春。

25. 流水何太急，
   深宫尽日闲。
   ——唐·宣宗宫人《题红叶》

　　这两句诗的意思是：流水为什么去得这样匆匆，深宫里整日却如此清闲。这两句诗写出了一个少女长期被幽闭在深宫之中的苦与恨。

26. 目送征鸿飞杳杳，思随
   流水去茫茫。
   ——五代·孙光宪
   《浣溪沙·蓼岸风多橘柚香》

　　这几句词的意思是：我的目光追随着飞去的鸿雁，直到它的身影消失在远方；思绪犹如不尽的江水，随着茫茫的江涛漂荡。

27. 世事漫随流水，算来一
   梦浮生。
   ——五代·李煜
   《乌夜啼·昨夜风兼雨》

　　这是一首秋夜抒怀之作。这两句词的意思是：人世间的事情，如同东逝的流水，一去不返；想一想我这一生，就像大梦一场。

28. 还似旧时游上苑，车如
   流水马如龙。
   ——五代·李煜
   《忆江南·多少恨》

　　这两句词的意思是：梦中我好像还在上苑游乐，车子如流水一般、马匹像龙一样络绎不绝。

29. 流水落花春去也，天上
   人间。
   ——五代·李煜
   《浪淘沙令·帘外雨潺潺》

　　这两句词的意思是：过去像流失的江水、凋落的红花，跟春天一起离去；今昔对比，一是天上一是人间。

30. 雅态妍姿正欢洽，落花
　　流水忽西东。
　　——宋·柳永《雪梅香·景萧索》

这两句词的意思是：当初种
种美好情态、万般和睦欢乐，如
今形同流水落花东飘西散、遥守
天涯一方，望眼欲穿。

31. 流水淡，碧天长。路茫茫。
　　——宋·晏殊
　　《诉衷情·芙蓉金菊斗馨香》

这几句词的意思是：中原地
区，秋雨少，秋水无波，清澈明净；
天清气爽，万里无云，天空宽阔没
有边际。前路茫茫，把握不住。

32. 金作屋，玉为笼，车如
　　流水马游龙。
　　——宋·宋祁
　　《鹧鸪天·画毂雕鞍狭路逢》

这两句诗的意思是：想当初两
个人厮守的时候，真可以说是生活
在金屋玉笼之中；与他们来往的人
很多，家门前面经常是车水马龙。

33. 六朝旧事随流水，但寒
　　烟衰草凝绿。
　　——宋·王安石
　　《桂枝香·金陵怀古》

这是一首金陵怀古之词。这
两句词的意思是：六朝的风云变
幻全都随着流水消逝，只有郊外
的寒冷烟雾和衰萎的野草还凝聚
着一片苍翠。

34. 石梁茅屋有弯碕，
　　流水溅溅度两陂。
　　——宋·王安石《初夏即事》

这两句诗的意思是：石桥和
茅草屋围绕在曲岸旁，流水流入
西边的池塘。

35. 兴逐乱红穿柳巷，
　　困临流水坐苔矶。
　　——宋·程颢《郊行即事》

这两句诗的意思是：乘着兴致
追逐随风飘飞，穿过柳丝，飘荡在
小巷中的落花；感到困倦时，就坐在
溪水边长满青苔的石头上休息。

36. 谁道人生无再少？门前
流水尚能西！
——宋·苏轼
《浣溪沙·游蕲水清泉寺》

这两句词的意思是：谁说人生就不能再回到少年时期？门前的溪水都能向西边流淌！

37. 别梦已随流水，泪巾犹
裛泡香泉。
——宋·苏轼
《西江月·别梦已随流水》

这两句词的意思是：离别已成过去，如一江流水；伤别的眼泪沾湿了带有香气的手绢。

38. 无情流水多情客，劝我
如曾识。
——宋·苏轼
《劝金船·无情流水多情客》

这是一首送别词，采用拟人、用典的写作手法，反衬了苏轼与友人浓厚的情谊。这两句词的意思是：流水多情，客人也多情；劝我饮酒，如同似曾相识一般。

39. 蓝桥何处觅云英。只有
多情流水、伴人行。
——宋·苏轼《南歌子·寓意》

这首词描写的是词人酒后赶路的一个片段，清新而富有情趣。这两句词的意思是：虽然身在蓝桥，但是哪里找得到梦中情人；只有多情的流水陪伴着人行走。

40. 居士，居士。莫忘小桥
流水。
——宋·苏轼《如梦令·春思》

这首词写出了词人对当年雪堂生活的回忆和对这种幽静环境的怀恋和向往。这几句词的意思是：东坡啊东坡，不要忘记黄州小桥流水的美景，早日归隐吧。

41. 西塞山边白鹭飞，散花
洲外片帆微。桃花流水
鳜鱼肥。

——宋·苏轼
《浣溪沙·西塞山边白鹭飞》

这几句词的意思是：西塞山江边的白鹭在飞翔，散花洲外江上的白帆船在漂荡。桃花水汛期时节鳜鱼长得很肥。

42. 离多最是，东西流水，
终解两相逢。

——宋·晏几道
《少年游·离多最是》

这几句词以流水喻诀别，意思是：离别跟这样的情景最像，二水分流，一个向西，一个向东，最终还能再度相逢。

43. 流水便随春远，行云终
与谁同。

——宋·晏几道
《临江仙·斗草阶前初见》

这两句词的意思是：缓缓流逝的水，已然随着春的脚步渐行渐远；悠悠飘荡的云，最终与谁携手而去。

44. 恋树湿花飞不起，愁无
比，和春付与东流水。

——宋·朱服
《渔家傲·小雨纤纤风细细》

这首词风格俊丽，是词人的得意之作。这几句词的意思是：淋湿的花瓣贴在树枝上不再飞，非常忧愁，连同春色都随着江水向东流。

45. 漠漠轻寒上小楼，晓阴
无赖似穷秋。淡烟流水
画屏幽。

——宋·秦观
《浣溪沙·漠漠轻寒上小楼》

这几句词的意思是：一阵阵寒意袭上小楼，清晨的天色竟和深秋一样阴沉，令人兴味索然。回望画屏，淡淡烟雾，流水潺潺，意境清幽。

46. 斜阳外，寒鸦万点，流水绕孤村。

  ——宋·秦观《满庭芳·山抹微云》

  这首词是秦观最杰出的词作之一。这几句词的意思是：夕阳西下，寒鸦点缀着天空，一弯流水围绕着孤村。

47. 远远围墙，隐隐茅堂。飐青旗、流水桥旁。

  ——宋·秦观《行香子·树绕村庄》

  这几句词的意思是：远处一堵围墙，隐约可见几间茅草屋。青色的旗帜在风中飞扬，小桥在溪水旁。

48. 怎奈向、欢娱渐随流水。

  ——宋·秦观《八六子·倚危亭》

  这首词写的是词人与曾经爱恋的一位歌女之间的离愁别绪。这两句词的意思是：真是无可奈何，往日的欢乐都伴随着流水远去。

49. 无奈归心，暗随流水到天涯。

  ——宋·秦观《望海潮·洛阳怀古》

  这首词不仅追怀过去的游乐生活，还因政治失意而慨叹。这两句词的意思是：见此情景，我油然而生归隐之心，神思已随着流水奔到天涯。

50. 岸头沙，带蒹葭，漫漫昔时，流水今人家。

  ——宋·贺铸《将进酒·城下路》

  这几句词的意思是：岸边滩头的白沙，连接着成片的蒹葭。昔日的江河如今已成陆地，住满了人家。

51. 吞声别，陇头流水，替
    人呜咽。
    ——宋·贺铸
    《子夜歌·三更月》

这几句词的意思是：陇头的流水仿佛知道我的心意，发出声响，像是在替我哭泣。

52. 鹅鸭不知春去尽，
    争随流水趁桃花。
    ——宋·晁冲之《春日》

这是一首寓情于景的惜春诗。这两句诗的意思是：鹅鸭不知道春天已过，还争相随着流水去追赶桃花。

53. 惟有楼前流水，应念我、
    终日凝眸。
    ——宋·李清照
    《凤凰台上忆吹箫·香冷金猊》

这首词写出了词人对丈夫的深切思念。

54. 极目犹龙骄马，流水
    轻车。
    ——宋·李清照
    《转调满庭芳·芳草池塘》

这首词通过将过去的美好生活和今日的凄凉憔悴作对比，寄托了词人的故国之思。

55. 红粉暗随流水去，园林
    渐觉清阴密。
    ——宋·辛弃疾《满江红·暮春》

这两句词的意思是：落下来的红花，随着流水漂走了；园林里清绿的树叶渐渐变得茂密。

56.竹根**流水**带溪云。醉中浑不记，归路月黄昏。
——宋·辛弃疾《临江仙·探梅》

这首词写出了梅的幽姿意韵，以及词人对梅花的留恋，表现了词人的情趣和人格。

57.吾侪心事，古今长在，高山**流水**。
——宋·辛弃疾《水龙吟·老来曾识渊明》

这首词表现了词人对现实政治的失望与哀叹。这几句词的意思是：我们虽然相隔古今，却心意相同，志在高山流水有知音。

58.软衬飞花，远连**流水**，一望隔香尘。
——宋·高观国《少年游·草》

这几句词的意思是：花瓣轻轻洒落在软草上，蒙茸的草地随着流水向天际延伸。放眼望去，伊人的芳踪已被无边的芳草阻隔，春恨别情无限。

59.啼莺舞燕，小桥**流水**飞红。
——元·白朴《天净沙·春》

这两句的意思是：院外黄莺啼啭、燕子飞舞，小桥流水旁花瓣飞落。

60.枯藤老树昏鸦，小桥**流水**人家，古道西风瘦马。
——元·马致远《天净沙·秋思》

这几句的意思是：黄昏下的乌鸦落在枯藤缠绕的老树上，小桥下流水哗哗作响，庄户人家炊烟袅袅，古道上形单影只的旅人、瘦马，顶着西风，艰难地前行。

第七组

烟·雨

五代·荆浩《渔乐图》

1. 水宿烟雨寒，
   洞庭霜落微。
   ——唐·王昌龄《太湖秋夕》

这是王昌龄的一首吟咏苏州的诗。这两句诗的意思是：（我）住在太湖的一条小船上，月光下，小船在水上移动。

2. 云青青兮欲雨，
   水澹澹兮生烟。
   ——唐·李白《梦游天姥吟留别》

这两句诗的意思是：云层黑沉沉的，像是要下雨；水波荡起了烟一般的雾。

3. 燕子不归春事晚，
   一汀烟雨杏花寒。
   ——唐·戴叔伦《苏溪亭》

这两句诗的意思是：燕子未归而美好的春光已快要结束了；迷蒙的烟雨笼罩着一片沙洲，春风中的杏花也显得凄楚可怜。

4. 湘君宝马上神云，
   碎佩丛铃满烟雨。
   ——唐·温庭筠《郭处士击瓯歌》

这两句诗同写一个意境。乐声于沉静中又飞扬起来了，有如湘君骑着宝马自天外而来；湘君身上的佩玉发出叮咚声，和着马脖上的鸾铃声。

5. 南朝四百八十寺，
   多少楼台烟雨中。
   ——唐·杜牧《江南春》

这两句诗的意思是：南朝遗留下的四百八十多座古寺，如今有多少笼罩在这烟雨之中。

6. 是时月黑天，
　　四野烟雨深。
　　　　——唐·李群玉《乌夜号》

这两句诗的意思是：此时正是个没有月亮的黑夜，四周都笼罩在细雨中。

7. 何处最添诗客兴，
　　黄昏烟雨乱蛙声。
　　　　——唐·韦庄《三堂东湖作》

这两句诗的意思是：什么时候最能增加客人作诗的兴致，是黄昏时候在细雨中那响彻田野的蛙鸣声。

8. 夜深斜搭秋千索，
　　楼阁朦胧烟雨中。
　　　　——唐·韩偓《夜深》

这是一首怀旧诗，通篇借景物来暗示、烘托，使本诗成为一首在艺术上臻于完美的作品。

9. 楚山红树，烟雨隔高唐。
　　　　——五代·毛文锡
　　《临江仙·暮蝉声尽落斜阳》

毛文锡的这首词取材于湘江女神传说，实际表现的是一种追求而不遇的朦胧感伤之情。

10. 余花落处，满地和烟雨。
　　　　——宋·林逋《点绛唇·金谷年年》

这两句词描写无主荒园在细雨中的情景，意思是：枝头残余的花朵，在蒙蒙细雨中凋落了一地。

11. 坠素翻红各自伤，
　　青楼烟雨忍相忘。
　　　　——宋·宋祁《落花》

这是一首构思十分精巧的咏物诗。这两句诗象征一个人在艰难困苦中坚持到底的精神，因此为后世所推崇。

12. **烟雨**满楼山断续。人闲
倚遍阑干曲。

——宋·欧阳修
《蝶恋花·翠苑红芳晴满目》

这首词写的是不同时期的两
种春景、两种心情，对比中透露
出词人对人生的慨叹。

13. **烟雨**微微，一片笙歌醉
里归。

——宋·欧阳修
《采桑子·荷花开后西湖好》

整首词寓情于景，表现了词
人与友人的洒脱情怀。这两句词
的意思是：傍晚烟雾夹着细雨，
在一片歌声里，小船载着醉倒的
游客归去。

14. 两岸荔枝红，万家**烟
雨**中。

——宋·李师中
《菩萨蛮·子规啼破城楼月》

全词景色清丽，感情真挚，
意境深远。

15. 但看低昂**烟雨**里，不已。
劝君休诉十分杯。

——宋·苏轼
《定风波·两两轻红半晕腮》

句词的意思是：使君呀，好好
看看蒙蒙细雨中的芙蓉花，它在为
你翩翩起舞！劝君多喝几杯满杯酒
表示谢意。

16. 庐山**烟雨**浙江潮，
未至千般恨不消。

——宋·苏轼《观潮》

这首七言绝句表达了诗人由
妄念躁动到恍然超越、豁然达观的
思想变化，有佛家禅宗的情调。

17. 竹杖芒鞋轻胜马，谁怕？
一蓑**烟雨**任平生。

——宋·苏轼
《定风波·莫听穿林打叶声》

这首词第一句写词人脚穿芒
鞋手持竹杖在雨中前行的情景，
"轻胜马"三字传达出词人从容之
意；"谁怕"二字诙谐可爱，值得
玩味；第三句由眼前风雨进一步
写到整个人生，表达了词人搏击
风雨、笑傲人生的喜悦和豪迈。

18. 试上超然台上看，半壕春水一城花。烟雨暗千家。

——宋·苏轼
《望江南·超然台作》

这首词通过春日景象和词人感情、神态的变化，表达了词人豁然超脱的胸襟。

19. 长记平山堂上，欹枕江南烟雨，杳杳没孤鸿。

——宋·苏轼
《水调歌头·黄州快哉亭赠张偓佺》

这几句词的意思是：这让我想起当年在平山堂的时候，靠着枕席，欣赏江南的烟雨，遥望远方天际孤鸿出没的情景。

20. 双龙对起，白甲苍髯烟雨里。

——宋·苏轼
《减字木兰花·双龙对起》

这两句词的意思是：两株古松冲天而起，铜枝铁干，仿佛两条白甲苍髯的巨龙，张牙舞爪地在烟雨中飞腾。

21. 惠崇烟雨归雁，坐我潇湘洞庭。

——宋·黄庭坚
《题郑防画夹五首·其一》

这两句诗的意思是：惠崇的这幅《烟雨归雁图》，让我仿佛置身于洞庭湖的浩渺湖波上。

22. 玉人邀我少留行。无奈一帆烟雨、画船轻。

——宋·黄庭坚
《南歌子·槐绿低窗暗》

这是一首赠别词，写行客同伊人离别在即，行舟待发，两人难舍难分、无限凄楚的情景。

23. 晚云收。正柳塘、烟雨初休。

——宋·秦观《梦扬州·晚云收》

这是一首咏离愁、忆往事的词，表现了主人公离别情人的惆怅和对往日生活的留恋。

24. 凝伫，凝伫，楼外一江
    烟雨。

    ——宋·贺铸
    《忆仙姿·莲叶初生南浦》

这首词写水乡风光及生活。全词虽无一字提到离别相思，却将离别相思之情表现得淋漓尽致。

25. 水榭风微玉枕凉。牙床
    角簟藕花香。野塘烟雨
    罩鸳鸯。

    ——宋·苏庠
    《浣溪沙·书虞元翁书》

这首词以形象化的文字，再现了原画的色彩、布局和意境，使未睹其画的读者，犹如身临画前。

26. 烟雨幂横塘，绀色涵
    清浅。

    ——宋·谢逸
    《卜算子·烟雨幂横塘》

这是词人为歌咏隐逸生活而作的一首词，以表达自己的高洁情操和高远志趣。这两句词的意思是：朦胧的烟雨笼罩着池塘，天青色的池塘清澈见底。

27. 浪粘天、葡萄涨绿，半
    空烟雨。

    ——宋·叶梦得
    《贺新郎·睡起流莺语》

词人借暮春景色抒发无限相思之情和青春虚掷的无限感慨。

28. 渡口唤船人独立，
    一蓑烟雨湿黄昏。

    ——宋·孙觌
    《吴门道中二首·其一》

这两句诗的意思是：河边渡口有人独自站着呼唤船只；虽然正值黄昏，烟雨茫茫，但摆渡人仍不慌不忙，披蓑戴笠站在烟雨之中。

29. 绿卷芳洲生杜若，数帆
    带雨烟中落。

    ——宋·张元干
    《满江红·自豫章阻风吴城山作》

这是一首思归的词，情景交织，抒发了词人旅途停泊时感情的起伏动荡。

30. 犹恨东风无意思，
    更吹烟雨暗黄昏。
    ——宋·张嵲《墨梅》

这两句诗的意思是：一直遗憾的是东风没有情趣，它吹拂着烟雾似的细雨，使得黄昏更加昏暗。

31. 正武陵溪暗，淇园晓色，宜望中烟雨。
    ——宋·曹勋《夹竹桃花·咏题》

在这首词中，词人运用描写、比喻、对比等手法，描绘了皇家园林秀美的景色，气势恢宏。

32. 旧日堂前燕，和烟雨，又双飞。
    ——宋·韩元吉
    《六州歌头·东风著意》

这首词借写桃花将咏花与怀人结合起来。这几句词的意思是：旧日堂前筑巢的燕子，随着迷蒙的春雨，又双双飞回旧居。

33. 轻舟八尺，低篷三扇，占断苹洲烟雨。
    ——宋·陆游《鹊桥仙·华灯纵博》

这首词在描写湖山胜景、闲情逸趣的同时，也蕴含着作者壮志未酬的幽愤。

34. 一竿风月，一蓑烟雨，家在钓台西住。
    ——宋·陆游
    《鹊桥仙·一竿风月》

前两句写的是渔夫的生活环境；第三句借用严光不应汉武帝征召，独自在富春江上垂钓的典故，来说明渔夫的心情近似严光。

35. 桥如虹，水如空。一叶飘然烟雨中。
    ——宋·陆游《长相思·桥如虹》

这几句词的意思是：水乡的虹桥，水面开阔，水天相映。一叶扁舟在细雨中自由出没。

36. 烟雨却低回，望来终
不来。
——宋·辛弃疾《菩萨蛮·金陵
赏心亭为叶丞相赋》

这首词写词人在赏心亭的所见所感，亦饱含着词人之愁。这两句词的意思是：却在细雨中徘徊，迟迟不能到达。

37. 烟雨偏宜晴更好，约略
西施未嫁。
——宋·辛弃疾
《贺新郎·三山雨中游西湖》

这两句词的意思是：西湖烟雨朦胧的时候，给人以幽雅适意的感觉；天气晴朗时，更给人以心旷神怡的感觉，就像未出嫁的西施使人心醉神迷。

38. 谩教得陶朱，五湖西
子，一舸弄烟雨。
——宋·辛弃疾
《摸鱼儿·观潮上叶丞相》

在这首词中，词人由观潮想到历史，又想到自己的处境和国家的命运。

39. 独木小舟烟雨湿，燕儿
乱点春江碧。江上青山
随意觅。
——宋·程垓
《渔家傲·独木小舟烟雨湿》

这几句词的意思是：自己乘坐小船在朦胧的烟雨中行进，到处都湿润润的；燕子纷纷在碧绿的江面上点水嬉戏；两岸的青山若隐若现。

40. 冷落闲门，凄迷古道，
烟雨正愁人。
——宋·高观国《少年游·草》

这几句词的意思是：冷落的庭院，凄冷的古道，都笼罩在细雨中，这景象勾起了人的愁绪。

41. 湖海上、一汀鸥鹭，半
帆烟雨。
——宋·吴潜
《满江红·送李御带珙》

这首词是送别之作，表达了词人对友人遭遇的同情和对朝廷的强烈愤慨。

42. 不见当时杨柳，只是从前烟雨，磨灭几英雄。

——宋·方岳
《水调歌头·平山堂用东坡韵》

此词从登平山堂所见景物写起，除了怀念欧阳修、苏东坡外，还抒发了对国土未被收复的愁绪。

43. 办得重来攀折后，烟雨暗，不辞遥。

——宋·谭宣子
《江城子·嫩黄初染绿初描》

这是一首咏柳的佳作，围绕体态、情韵两方面突出新柳"娇"的特征。

44. 相将初试红盐味，到烟雨、青黄时节。

——宋·吴文英
《暗香疏影·夹钟宫赋墨梅》

全词既是咏本调"暗香疏影"，也是咏词题中的"赋墨梅"，可以说是内容紧扣词调与词题。

45. 欢未阑，烟雨青黄，宜昼阴庭馆。

——宋·吴文英《解语花·梅花》

此词咏梅，因为有拟人之语，词笔幽艳。杨铁夫《吴梦窗词笺释》认为它是写"冶游"的。

46. 铜驼烟雨栖芳草，休向江南问故家。

——宋·张炎
《思佳客·题周草窗武林旧事》

这两句词的意思是：索靖手指洛阳宫门前的铜驼，感叹天下将要发生动乱；不要面对江南询问故园的情况。

47. 断桥西下，满湖烟雨愁花。

——元·张可久
《天净沙·湖上送别》

此曲乃送别之作。作者久居杭州，西湖题咏甚多。作者未直抒离愁别绪，而是寄情于景，以景渲染。

第八组
白·云

宋·王诜《烟江叠嶂图》

1. 白云在天，
   丘陵自出。
   ——先秦《白云谣》

这两句诗的意思是：远去的人，已不可见；只有悠悠白云，尚在山间缭绕。

2. 秋风起兮白云飞，
   草木黄落兮雁南归。
   ——西汉·刘彻《秋风辞》

这首诗情景交融，是中国文学史上"悲秋"的名作。这两句诗的意思是：秋风刮起，白云飘飞；草木枯黄，大雁南归。

3. 白云停阴冈，
   丹葩曜阳林。
   ——西晋·左思
   《招隐二首·其一》

这首诗表现了诗人不与世俗同流合污的高尚情操。这两句诗的意思是：洁白的云彩映照着山的北坡，红色的枯叶映衬着南坡的树林。

4. 遥遥望白云，
   怀古一何深！
   ——晋·陶渊明
   《和郭主簿二首·其一》

这首诗通过对仲夏时节诗人闲适生活的描述，表现了诗人安贫乐道、恬淡自然的心境。这两句诗的意思是：遥望白云，深深怀念古圣人。

5. 青松夹路生，
   白云宿檐端。
   ——晋·陶渊明
   《拟古九首·其五》

这首诗托言东方隐士，实则是诗人自咏，借以表现自己平生固穷守节的志向。这两句诗的意思是：青松生长在路两边，白云在檐间缭绕。

6. 春晚绿野秀，
   岩高白云屯。
   ——南北朝·谢灵运
   《入彭蠡湖口》

这两句诗的意思是：因耐不住静思默想，于是攀登悬崖，登上石镜山；牵萝扳叶，登上松门顶。

7. 萧疏野趣生，
   逶迤白云起。
   ——南朝宋·谢惠连
   《泛南湖至石帆诗》

这两句诗写出了远处白云出岫、徐徐升起的情态。

8. 惠风荡繁囿，
   白云屯曾阿。
   ——东晋·谢混《游西池》

这两句诗的意思是：和风吹拂，轻摇着苑囿中繁茂的草木；白云如絮，聚集在层峦深处。

9. 白云满鄣来，
   黄尘暗天起。
   ——南朝宋·刘昶《断句》

这两句诗写的是边关之景：白云之"来"、黄沙之"起"，充满了动感，既写出了边关特有的风云之气，又表现出一种紧迫压抑的情绪。

10. 标峰彩虹外，
    置岭白云间。
    ——南朝·沈约《早发定山》

这两句诗写出了定山的雄姿，意思是：山巅在彩虹之上，白云在山腰飘飞。

11. 山中何所有，
    岭上多白云。
    ——南北朝·陶弘景《诏问山中何所有赋诗以答》

这首诗以委婉的方式表达了诗人谢绝出仕之意。这两句诗的意思是：你问我山中有什么，这座山中只有白云。

12. 白云初下天山外，
    浮云直向五原间。
    ——北朝·卢思道《从军行》

这两句诗的意思是：心如飘雪，随夫远至新疆中部的天山之外；又若浮云，飞到内蒙古西部的五原城中。

13. 屈伸烟雾里，
　　低举白云中。
　　　　　——唐·李世民
　　　　《咏兴国寺佛殿前幡》

这两句诗的意思是：你在烟雾里飘，你在白云中飞腾。

14. 君去试看汾水上，
　　白云犹似汉时秋。
　　　　　——唐·岑参
　　《虢州后亭送李判官使赴晋绛》

此诗是送行之作。这两句诗的意思是：李判官，你到达汾水的时候，看看那里的云光山色，可还像汉武帝时那样雄伟壮丽。

15. 酌酒呈丹桂，
　　思诗赠白云。
　　　　　——唐·卢照邻
　　　　《赤谷安禅师塔》

这首诗将诗情与禅境、才学相结合，绚丽多姿、气韵流转。这两句诗的意思是：酒香与桂香一同飘散，诗情与白云一同飞升。

16. 一乖青岩酌，
　　空伫白云心。
　　　　　——唐·卢照邻
　　　　《送梓州高参军还京》

在这首长篇七言诗中，诗人描绘了当时京都长安现实生活的场景，流露出对美好生活的热爱和向往之情。

17. 白云一片去悠悠，
　　青枫浦上不胜愁。
　　　　——唐·张若虚《春江花月夜》

这两句诗的意思是：游子像一片白云缓缓地离去，只剩下思妇站在离别时的青枫浦上不胜忧愁。

18. 天长地阔岭头分，
   去国离家见白云。
   ——唐·沈佺期
   《遥同杜员外审言过岭》

这两句诗描写过大庾岭的情景，意思是：山岭是天空与大地的分界，远离故乡只能看到无边的白云。

19. 城分苍野外，
   树断白云隈。
   ——唐·陈子昂《度荆门望楚》

这首诗表达了诗人对楚地风光的新鲜感受。这两句诗的意思是：城邑分布在苍茫田野外，树林在白云生处被截断。

20. 紫塞白云断，
   青春明月初。
   ——唐·陈子昂
   《春夜别友人二首·其二》

这首诗写的是宴会上的情景。诗人向友人坦露心胸，表明自己此行是向朝廷上书论政，倾吐自己立志为国建功立业的理想。

21. 尚想广成子，
   遗迹白云隈。
   ——唐·陈子昂《蓟丘览古
   赠卢居士藏用七首·其一》

这两句诗的意思是：还思念着仙人广成子，他也许在白云生处留下了踪迹。

22. 北风吹白云，
   万里渡河汾。
   ——唐·苏颋《汾上惊秋》

这是一首颇具特色的即兴咏史诗。这两句诗的意思是：北风吹卷着白云使之翻滚涌动，我要渡过汾河到万里之外的地方去。

23. 黄河远上白云间，
　　一片孤城万仞山。
　　　　　——唐·王之涣
　　　　《凉州词二首·其一》

这是一首表现戍守边疆的士兵思念家乡情怀的诗。这两句诗的意思是：黄河好像从白云间奔流而来，玉门关孤独地耸立在高山中。

24. 北山白云里，
　　隐者自怡悦。
　　　　　——唐·孟浩然
　　　　《秋登兰山寄张五》

这是一首登高远望、怀念旧友的诗。这两句诗的意思是：看着北山岭上的白云，我自己能品味欢欣。

25. 白云何时去，
　　丹桂空偃蹇。
　　——唐·孟浩然《登鹿门山怀古》

这首诗写了诗人在鹿门山沿途所见的景物，表达了诗人对古代高士的仰慕。

26. 过景斜临不可道，
　　白云欲尽难为容。
　　——唐·李颀《少室雪晴送王宁》

这是一首写景送别诗。这两句诗的意思是：余晖斜照景色美，妙不可言趣无穷；白云几缕有还无，山光变化难形容。

27. 白云还自散，
　　明月落谁家。
　　——唐·李白《忆东山二首·其一》

这两句诗的意思是：环绕白云堂的白云是不是仍自聚自散，明月堂前的明月不知落入了谁家。

28. 欲报东山客，
　　开关扫白云。
　　　　　——唐·李白
　　　　《忆东山二首·其二》

这两句诗的意思是：我准备告诉东山的隐者们，为我打开蓬门，让他们扫去三径上的白云。

29. 四面生白云，
    中峰倚红日。
    ——唐·李白《望黄鹤楼》

这两句诗的意思是：山的四面环绕着白云，中间的山峰托衬着天上的太阳。

30. 明月不归沉碧海，
    白云愁色满苍梧。
    ——唐·李白《哭晁卿衡》

这两句诗的意思是：晁卿如同明月沉入大海般一去不返，思念你的心情如同白云笼罩着云台山。

31. 置酒望白云，
    商飙起寒梧。
    ——唐·李白
    《登单父陶少府半月台》

这两句诗的意思是：我们且在高台置酒，边看白云边喝酒；秋风也想从高高的梧桐树梢上下来，喝上一杯酒。

32. 待吾尽节报明主，
    然后相携卧白云。
    ——唐·李白
    《驾去温泉后赠杨山人》

这两句诗的意思是：待我尽节报效明主之后，我要与君一起隐居南山。

33. 啸起白云飞七泽，
    歌吟渌水动三湘。
    ——唐·李白
    《自汉阳病酒归寄王明府》

这两句诗的意思是：啸声激起白云，在云梦七大湖泊上飘飞，歌吟声震动三湘的渌水。

34. 应是天仙狂醉，乱把白
    云揉碎。
    ——唐·李白
    《清平乐·画堂晨起》

这是一首豪迈、瑰丽、新奇的咏雪词，富有生活情趣。

35. 我歌白云倚窗牖，
    尔闻其声但挥手。
    ——唐·李白
    《鲁郡尧祠送窦明府薄华还西京》

这是李白久病初愈后为友人送行所作的一首诗，运用夸张的手法，富有想象力。

36. 白云在青天，
    丘陵远崔嵬。
    ——唐·李白《天马歌》

这两句诗的意思是：想当年，驾着穆天子的车驾，穿过白云，越过丘山，前往西天与西王母相会，是何等的神气得意。

37. 黯与山僧别，
    低头礼白云。
    ——唐·李白
    《秋浦歌十七首·其十七》

这首诗传达了一种伤感的情调。这两句诗的意思是：我在这里与山僧告别，遥向白云作揖而去。

38. 且就洞庭赊月色，
    将船买酒白云边。
    ——唐·李白
    《游洞庭湖五首·其二》

这首诗为我们描绘了月夜泛舟的情形。

39. 已矣归去来，
    白云飞天津。
    ——唐·李白
    《颍阳别元丹丘之淮阳》

本诗看似是临别时的赠送之作，表现了诗人和朋友所秉持的那种"羞逐桃李春"的独特个性。

40. 有时白云起，
    天际自舒卷。
    ——唐·李白
    《望终南山寄紫阁隐者》

这首诗紧紧围绕脱俗返真来抒情状物。全诗景中有情，以景语代替情语，不露痕迹而心境表现得十分明白。

41. 楚山秦山皆白云，
    白云处处长随君。
    ——唐·李白
    《白云歌送刘十六归山》

这首诗从白云入手，以白云的飘浮来隐喻隐者的高洁。此诗采用歌体形式来表达奔放的感情是十分适宜的。

42. 湘水上，
    女萝衣，
    白云堪卧君早归。
    ——唐·李白
    《白云歌送刘十六归山》

这几句诗的意思是：湘水之上，有仙女穿着萝衣；白云可以躺卧，您要早归。

43. 载酒五松山，
    颓然白云歌。
    ——唐·李白《五松山送殷淑》

这是一首离别诗。这两句诗的意思是：带着酒来到五松山上，高唱《白云歌》。

44. 但去莫复问，
    白云无尽时。
    ——唐·王维《送别》

这首诗写的是友人归隐，语句看似平淡无奇却是词浅情深。这两句诗的意思是：只管去吧，我不会再追问；那里有绵延不尽的白云在天空中飘荡。

45. 白云回望合，
    青霭入看无。
    ——唐·王维《终南山》

这首诗表现了终南山的宏伟壮观。

46. 湖上一回首，
    青山卷白云。
    ——唐·王维《欹湖》

这是一首送别诗。这两句诗的意思是：从湖上回望山川，青山白云依旧，友人却渐去渐远，心中一片惆怅。

47. 寂寞柴门人不到，
　　空林独与白云期。
　　　　——唐·王维《早秋山中作》

这首诗主要写了诗人无心世事，向往隐逸生活，抒发了一个隐士的情怀。这两句诗的意思是：柴门前寂寞冷清，看不到车马；在空林中我独自与白云相依。

48. 黄鹤一去不复返，
　　白云千载空悠悠。
　　　　——唐·崔颢《黄鹤楼》

这首诗是诗人登临黄鹤楼，饱览眼前景物后的即景生情之作。

49. 白云劝尽杯中物，
　　明月相随何处眠？
　　　　——唐·高适
　　　　《赋得还山吟送沈四山人》

这首诗旨在赞美沈四山人的清贫高尚、可敬可贵。

50. 出门流水住，
　　回首白云多。
　　　　——唐·杜甫
　　　　《陪郑广文游何将军山林》

这首诗主要抒写诗人与广文馆博士郑虔同游何将军山林的情景和感受。

51. 安得如鸟有羽翅，
　　托身白云还故乡。
　　　　——唐·杜甫《大麦行》

这两句诗的意思是：希望像鸟儿一样拥有翅膀，让白云托着自己返回家乡。

52. 道由白云尽，
　　春与青溪长。
　　　　——唐·刘眘虚《阙题》

这首诗句句写景，诗情画意，描写了深山中的一座别墅及其幽美的环境。

53. 归舟明日毗陵道，
回首姑苏是白云。
——唐·皇甫冉《送魏十六还苏州》

这两句诗的意思是：明日你将乘船回毗陵，到那时，回首姑苏，所见将只有一片白云。

54. 白云依静渚，
春草闭闲门。
——唐·刘长卿
《寻南溪常山道人隐居》

本诗写诗人寻隐者不遇，却见幽静的山中景色，读来别有一番情趣。

55. 白云千里万里，
明月前溪后溪。
——唐·刘长卿
《谪仙怨·晴川落日初低》

这两句词的意思是：愿白云将自己的思念带给千万里之外的友人，也愿那一轮明月随着溪水将我的愁思带给友人。

56. 几处吹笳明月夜，
何人倚剑白云天。
——唐·李益《过五原胡儿饮马泉》

这两句诗的意思是：明月当空，空旷的原野上隐隐传来哀婉的胡笳声；想必是那里有军事行动，不知又是哪些壮士在保家卫国。

57. 天平山上白云泉，
云自无心水自闲。
——唐·白居易《白云泉》

这首七绝写景寓志，以云水的逍遥自由比喻诗人恬淡的性格与闲适的心情。

58. 石榴花发满溪津，
　　溪女洗花染白云。
　　　　——唐·李贺《绿章封事》

这首诗侧重于对天神世界的描写。这两句诗的意思是：石榴花盛开，遍布溪水两岸；神女采石榴花，以涂染天上的白云。

59. 萧骚浪白云差池，
　　黄粉油衫寄郎主。
　　　　——唐·李贺《江楼曲》

这两句诗的意思是：看着荡漾的江水和滚动的密云，便想到在江陵经商的丈夫的苦辛，因而想方设法给他寄去了粉黄的油布雨衣。

60. 远上寒山石径斜，
　　白云生处有人家。
　　　　——唐·杜牧《山行》

这首诗描绘的是秋之色，展现出一幅动人的山林秋色图。这两句诗的意思是：沿着弯弯曲曲的小路上山，白云生处居然还居住着人家。

61. 白云初晴，
　　幽鸟相逐。
　　　　——唐·司空图
　　　　《诗品二十四则·典雅》

这两句诗的意思是：晴朗的天空上白云飘动，深谷的鸟儿互相追逐。

62. 采芝何处未归来，
　　白云遍地无人扫。
　　　　——宋·魏野《寻隐者不遇》

这首诗写的是隐者相寻，终未得遇。这两句诗的意思是：仙人到底去了哪里，怎么到现在还不回来，这满地的白云幸好没人打扫。

63. 举头红日近，
    回首**白云**低。
    ——宋·寇准《咏华山》

这首诗写出了华山的高峻陡峭、气势不凡。这两句诗的意思是：站在山顶，抬头看向天空，太阳仿佛就在头顶；低头俯瞰脚下，云雾在半山腰弥漫。

64. 碧涧流红叶，
    青林点**白云**。
    ——宋·林逋《宿洞霄宫》

这首诗层次分明，景与情自然地融合在一起，韵味无穷。

65. **白云**自占东西岭，
    明月谁分上下池。
    ——宋·苏轼《与毛令方尉
    游西菩提寺二首·其二》

这两句诗描写的是寺景，生动地展现了西菩寺的奇妙风光。

66. 正酒酣时，人语笑，
    白云间。
    ——宋·苏轼《行香子·与泗守
    过南山晚归作》

这几句词的意思是：在白云之间，摆酒畅饮，有说有笑，真有仙游之乐。

67. 公昔骑龙**白云**乡，
    手抉云汉分天章。
    ——宋·苏轼《潮州韩文公庙碑》

本文是一篇碑文。碑文高度颂扬了韩愈的道德、文章和政绩，并具体描述了潮州人民对韩愈的崇敬怀念之情。

68. 公家只在雪溪上，
    上有**白云**如白羽。
    ——宋·苏轼《寄刘孝叔》

这两句诗的意思是：您的家就在雪溪上，我知道那个地方，上面的白云如白羽毛一般。

69. 我欲穿花寻路，直入白云深处，浩气展虹霓。

——宋·黄庭坚
《水调歌头·游览》

这首词是春行纪游之作。这几词的意思是：词人想穿过桃花源的花丛，一直走向漂浮着白云的山顶，一吐胸中浩然之气。

70. 隔断红尘三十里，白云红叶两悠悠。

——宋·朱熹《秋月》

这两句即景抒怀，诗人静观秋光月色，生起一丝超尘脱俗、悠然自得的心境。

71. 白云天竺去来，图画里、峥嵘楼观开。

——宋·刘过
《沁园春·斗酒彘肩》

这两句词的意思是：白居易说到天竺山去，那里如画卷，寺庙巍峨，流光溢彩。

72. 凭高远望，见家乡、只在白云深处。

——宋·王澜《念奴娇·避地溢江书于新亭》

这是一篇怀乡之作。这几句词的意思是：登临高处，远望家乡，只见一片茫茫白云。

73. 扫西风门径，黄叶凋零，白云萧散。

——宋·王沂孙《醉蓬莱·归故山》

这几句词的意思是：西风扫过门径，枯黄的树叶随风飘零，稀稀疏疏的白云飘浮在天空中。

74. 倦鹤行黄叶，痴猿坐白云。

——宋·文天祥《晓起》

这两句诗的意思是：白鹤疲倦了，在铺满落叶的地面上行走；猿猴不声不响，静静坐在被白云掩映的树梢上。

75. 载取白云归去，问谁留
　　楚佩，弄影中洲？
　　　　——宋·张炎《八声甘州·记玉关
　　　　　　　踏雪事清游》

　　这首词写的是词人冬季赴北写经的旧事，展现了一幅迎风踏雪的北国羁旅图。

76. 万顷黄湾口，
　　千仞白云头。
　　　　——宋·李公昴《水调歌头·题
　　　　　　斗南楼和刘朔斋韵》

　　这两句词主要写的是词人站在斗南楼上看到的雄奇壮阔的景色，意思是：（我站在斗南楼上）看到了万顷海涛，千仞云山。

77. 白云来往青山在，对酒
　　开怀。
　　　　——元·张可久
　　　　　《殿前欢·次酸斋韵》

　　这两句词的意思是：只见白云悠悠，青山若隐若现，我忍不住开怀畅饮。

78. 弃微名去来心快哉，一
　　笑白云外。
　　　　——元·贯云石《清江引·弃微
　　　　　　名去来心快哉》

　　这首散曲笔调率真，性情豪放，生动展现了作者蔑视功名、豪放不羁的形象。

79. 青山相待，白云相爱，
　　梦不到紫罗袍共黄金带。
　　　　——元·宋方壶
　　　　　《山坡羊·道情》

　　这是一首言志曲，表现了作者的一片浩然之气。

80. 谁向孤舟怜逐客，
　　白云相送大江西。
　　　　——明·李攀龙
　　　　　《于郡城送明卿之江西》

　　这两句诗笔锋一转，意境豁然开朗，感情也由低沉转入昂扬，从正面表达心情。

第九组

黄·河

五代·董源《潇湘图》

1. 旦辞爷娘去,
   暮宿黄河边。
   ——北朝《木兰诗》

这篇乐府诗记述了木兰女扮男装,代父从军的故事。这两句诗的意思是:早晨离开父母,晚上在黄河边宿营。

2. 不闻爷娘唤女声,
   但闻黄河流水鸣溅溅。
   ——北朝《木兰诗》

这两句诗的意思是:听不到父母呼叫女儿的声音,只听到黄河的水流声。

3. 白日依山尽,
   黄河入海流。
   ——唐·王之涣《登鹳雀楼》

这首诗表现的是诗人在登高望远中表现出来的不凡的胸襟和抱负。第一句写的是诗人登楼看到的景色,第二句将黄河奔涌流向大海的磅礴气势表现得淋漓尽致。

4. 黄河远上白云间,
   一片孤城万仞山。
   ——唐·王之涣《凉州词二首·其一》

这首诗表现了戍守边疆的士兵对家乡的思念之情。

5. 黄河西来决昆仑,
   咆哮万里触龙门。
   ——唐·李白《公无渡河》

这两句诗写出了"西来"黄河的无限声威。

6. 黄河捧土尚可塞,
   北风雨雪恨难裁。
   ——唐·李白《北风行》

本诗对北风雨雪的着力渲染,不只为了起兴,也有借景抒情、烘托主题的作用。

7. 欲渡黄河冰塞川，
　将登太行雪满山。
　——唐·李白《行路难三首·其一》

　　这两句诗的意思是：想渡黄河，冰雪却冻住了河流；想登太行山，莽莽风雪早已将山封住。

8. 黄河落天走东海，
　万里写入胸怀间。
　——唐·李白《赠裴十四》

　　这是一首送别诗。全诗抒发了诗人与友人分别时的离愁别绪，表达了诗人对友人的钦慕之情。

9. 黄河从西来，
　窈窕入远山。
　——唐·李白《游泰山六首》

　　这两句诗的意思是：黄河从西边而来，再流向东面的群山。

10. 抚掌黄河曲，
　嗤嗤阮嗣宗。
　——唐·李白
　《登广武古战场怀古》

　　这首诗借楚汉对峙的古战场遗迹，评论项羽、刘邦的成败，阐述拨乱反正的经验。

11. 将军发白马，
　旌节度黄河。
　——唐·李白《发白马》

　　这两句诗的意思是：将军从白马津出发，挂起旌旗跨过黄河。

12. 西岳峥嵘何壮哉！
　黄河如丝天际来。
　——唐·李白
　《西岳云台歌送丹丘子》

　　这首诗写黄河的奔腾之势和华山的峥嵘。

13. 黄河万里触山动，
　盘涡毂转秦地雷。
　——唐·李白
　《西岳云台歌送丹丘子》

　　这首诗赞颂的是黄河中游峡谷段的壮观景色，貌似游仙诗，实则咏物抒怀。

14. 我浮黄河去京阙，
    挂席欲进波连山。
    ——唐·李白《梁园吟》

这两句诗的意思是：我离开京城，乘船顺流而下，船上挂起风帆，波涛汹涌的波浪状如起伏的山脉。

15. 黄河若不断，
    白首长相思。
    ——唐·李白
    《送王屋山人魏万还王屋·并序》

这两句诗表达了诗人对好友的留恋，同时也表现了诗人对当时社会的不满情绪，意思是：我思念你的心，就像黄河之水永不断。

16. 旌旃夹两山，
    黄河当中流。
    ——唐·李白《经乱离后天恩流夜郎忆旧游书怀赠江夏韦太守良宰》

这首诗以诗人的人生经历与同韦良宰的交往为中心，抒发了诗人的政治抱负。

17. 黄河三尺鲤，
    本在孟津居。
    ——唐·李白《赠崔侍郎》

这两句诗的意思是：三尺长的黄河鲤鱼，通常居住在孟津关一带。

18. 斩胡血变黄河水，
    枭首当悬白鹊旗。
    ——唐·李白
    《送外甥郑灌从军三首·其一》

诗人满怀信心，展望战斗的胜利，鼓励郑灌勇敢杀敌，胜利归来。

19. 奔鲸夹黄河，
    凿齿屯洛阳。
    ——唐·李白《北上行》

这首诗写的是安史之乱爆发后，北方备受叛军蹂躏的苦难状况。

20. 君不见，
    黄河之水天上来，
    奔流到海不复回。
        ——唐·李白《将进酒》

在这首诗里，李白借酒消愁，感叹人生易老，抒发了自己怀才不遇的心情。

21. 且探虎穴向沙漠，
    鸣鞭走马凌黄河。
        ——唐·李白
    《留别于十一兄逖裴十三游塞垣》

该诗反映了李白北上幽州，情绪从一时冲动到满怀疑虑的微妙变化。

22. 笳悲马嘶乱，
    争渡黄河水。
        ——唐·王维
    《从军行·吹角动行人》

这首诗描写了发生在边陲的一次战斗。这两句诗的意思是：敌军吹响了胡笳，战马闻到战斗的气息也兴奋地嘶鸣起来，双方抢着渡黄河。

23. 黄河曲里沙为岸，
    白马津边柳向城。
        ——唐·高适《夜别韦司士》

全诗感情浓烈，景象开阔而别具风致。

24. 三春白雪归青冢，
    万里黄河绕黑山。
        ——唐·柳中庸《征人怨》

这是一首传诵极广的边塞诗。这两句诗的意思是：白雪纷纷扬扬，遮盖了昭君墓；黄河绕过黑山，又奔腾向前。

25. 蕃州部落能结束，
    朝暮驰猎黄河曲。
        ——唐·李益《塞下曲·其一》

这两句诗的意思是：西北的士兵会整理戎装、打扮自己，早晚在黄河转弯的地方奔驰、狩猎。

26. 禄山胡旋迷君眼，
    兵过黄河疑未反。
    ——唐·白居易《胡旋女》

这两句诗的意思是：安禄山用胡旋舞迷惑了玄宗的眼睛，让他分不清是非；叛军渡过了黄河，他还是不信安禄山已反叛。

27. 九曲黄河万里沙，
    浪淘风簸自天涯。
    ——唐·刘禹锡
    《浪淘沙·九曲黄河万里沙》

这首绝句模仿淘金者的口吻，表现了他们对淘金生涯的厌恶和对美好生活的向往。

28. 一方黑照三方紫，
    黄河冰合鱼龙死。
    ——唐·李贺《北中寒》

诗人用一个"黑"字点明寒冬之意，提纲挈领，为全诗奠定隆冬酷寒的基调。

29. 黄河怒浪连天来，
    大响硙硙如殷雷。
    ——唐·温庭筠《拂舞词》

这两句诗的意思是：黄河巨浪滚滚而来，轰鸣回响犹如震动的雷声。

30. 黄河九曲今归汉，
    塞外纵横战血流。
    ——唐·薛逢《凉州词》

这是一首七言绝句，表达了诗人因祖国军队收复失地而产生的喜悦之情。

31. 白日地中出，
    黄河天外来。
    ——唐·张玭《登单于台》

这首诗描写边塞风光，语句浑朴，境界开阔。

32. 水面上秤锤浮，直待黄
河彻底枯。
　　——五代《菩萨蛮·枕前
发尽千般愿》

　　这首词表现了主人公对爱情的期许。这是一首早期的民间词作，具有自然质朴的风格。

33. 一尊酒，黄河侧。无限
事，从头说。
　　——宋·苏轼《满江红·怀子由作》

　　这首词以兄弟的情谊为主线来写景抒怀，也夹杂着对官场的厌倦和人生不得意的感慨。

34. 哀丝豪竹助剧饮，
如锯野受黄河倾。
　　——宋·陆游《长歌行》

　　这首诗悲中带壮，既有不满与牢骚，又充满积极向上的奋斗精神。

35. 黄河与函谷，
四海通舟车。
　　——宋·陆游《观大散关图有感》

　　这两句诗的意思是：函谷关和黄河一带成了太平地；四面八方的车船往来，畅通无阻。

36. 黄河九天上，人鬼瞰重关。
　　——金·元好问
《水调歌头·赋三门津》

　　这首词是词人游览河山，抒发情怀之作。首句写黄河之长；第二句写黄河之险，人鬼难过。

37. 太行如砺，黄河如带，
等是尘埃。
　　——元·刘因《人月圆·茫茫大块
洪炉里》

　　这几句的意思是：放眼望去，太行山脉就像长长的磨刀石，黄河也缩成了带子一般，它们都混迹于尘埃之间。

38. 泪添九曲黄河溢，恨压
三峰华岳低。
　　——元·王实甫《长亭送别》

这两句的意思是：相思的泪水使黄河都泛滥起来，怨恨能将华岳三峰都压低。这表明愁苦、悲愤很深。

39. 空有黄河如带，乱山回
合云龙。
　　——元·萨都剌
《木兰花慢·彭城怀古》

本来壮阔的徐州之景，在这里成为项羽失落地走过历史的见证者。

40. 黄河水，水阔无边深无
底，其来不知几千里。
　　——元·贡泰父《黄河行》

这几句的意思是：黄河的水面宽阔无边，深不见底，其来源不知道有几千里远。

41. 黄河水流不尽心事，中
条山隔不断相思。
　　——元·贾固《醉高歌过红绣鞋·
乐心儿比目连枝》

这两句的意思是：黄河滔滔不绝，流不尽我心中的思念；中条山高耸入云，隔不断绵绵的乡思之情。

42. 黄河水绕汉宫墙，
河上秋风雁几行。
　　——明·李梦阳《秋望》

这两句诗的意思是：滚滚黄河水包围着长安，河上秋风阵阵，有几行大雁飞过。

43. 明月黄河夜，
    寒沙似战场。
    ——明·李流芳《黄河夜泊》

这两句诗以写意笔法挥洒出一幅幽美壮阔的黄河月夜图。

44. 人间更有风涛险，
    翻说黄河是畏途。
    ——明·宋琬《渡黄河》

这两句诗写的是黄河的汹涌奔腾，意思是：人世间的风波，不知比这险恶多少；可人们反说，险途只在这黄河中间。

45. 太华垂旒，黄河喷雪，
    咸秦百二重城。
    ——清·曹贞吉
    《满庭芳·和人潼关》

这几句诗的大意是，潼关周围两大天险形胜，一静一动。静者庄严肃穆，有帝王气象；动者如黄龙震怒。两两相对，把佛山和黄河写得生动传神。最后一句用典，说明潼关历来是关中的屏障，是兵家必争之地。

第十组 青·山

明·沈周《庐山高图》

1. 我兄征辽东，
   饿死青山下。
   ——隋《挽舟者歌》

这是一首直接表达人民悲痛和愤恨的民歌。这两句的意思是：我的哥哥去东征高句丽，在青山下被活活饿死。

2. 不对芳春酒，
   还望青山郭。
   ——南朝齐·谢朓《游东田》

全诗写景，既有全景式的概括描写，显得视野开阔；又有局部细腻的生动刻画，富有思致。

3. 绿树村边合，
   青山郭外斜。
   ——唐·孟浩然《过故人庄》

这是一首田园诗，既写农家恬静闲适的生活情景，也写老朋友的情谊。

4. 时时引领望天末，
   何处青山是越中。
   ——唐·孟浩然《渡浙江问舟中人》

这首诗运用口语，叙事、写景、抒情全是朴素的叙写笔调，而意境高远。

5. 挂席东南望，
   青山水国遥。
   ——唐·孟浩然《舟中晓望》

这首诗写的是诗人从越州乘船游览天台山的情况。这两句诗的意思是：扬帆起航，远望东南方向，高山和河流还很遥远。

6. 青山朝别暮还见，
   嘶马出门思旧乡。
   ——唐·李颀《送陈章甫》

这首诗笔调轻松，不为失意作苦语，不因离别写愁思。这两句诗的意思是：早晨辞别青山晚上又相见；出门听到马鸣声，让我思念故乡。

7. 客路青山外，
   行舟绿水前。
   ——唐·王湾《次北固山下》

这首诗写冬末春初，诗人舟泊北固山下时看到的两岸春景。

8. 莫道弦歌愁远谪，
   青山明月不曾空。
   ——唐·王昌龄《龙标野宴》

这两句诗的意思是：不要听到琴声和歌声就触动远谪的愁思，青山和明月都陪伴着我们。

9. 青山一道同云雨，
   明月何曾是两乡。
   ——唐·王昌龄《送柴侍御》

这首诗写出了诗人对朋友深挚的感情和别后的思念。

10. 吴歌楚舞欢未毕，
    青山欲衔半边日。
    ——唐·李白《乌栖曲》

这两句诗的意思是：宴饮上的吴歌楚舞一曲未毕，太阳就已经落山了。

11. 天边看渌水，
    海上见青山。
    ——唐·李白《广陵赠别》

这首诗惜别而不伤别，意象开阔，情调昂扬乐观，显示出诗人豪放洒脱的性格。

12. 高楼对紫陌，
    甲第连青山。
    ——唐·李白《南都行》

这首诗写的是诗人对南阳英豪的钦佩和仰慕，并抒发其怀才不遇的感叹。这两句诗的意思是：巍峨的高楼对着紫色的大道；房屋鳞次栉比，连着城外的青山。

13. 青山横北郭，
    白水绕东城。
    ——唐·李白《送友人》

这是一首情意深长的送别诗，诗人通过对送别环境的刻画和气氛的渲染，表达了依依惜别之意。

14. 屈盘戏白马，
    大笑上青山。
    ——唐·李白《登敬亭北二小山
    余时送客逢崔侍御并登此地》

这两句诗的意思是：（我）戏弄着白马，一路大笑着登上青山。

15. 独抱绿绮琴，
    夜行青山间。
    ——唐·李白
    《游泰山六首·其六》

这首诗是以游仙体来写山水诗。这两句诗的意思是：怀中抱着绿绮琴，天黑了还在青山之间穿行。

16. 朱绂遗尘境，
    青山谒梵筵。
    ——唐·李白
    《春日归山寄孟浩然》

此诗描写诗人春日游禅寺所见景色，赞赏友人的隐逸志趣。

17. 预拂青山一片石，
    与君连日醉壶觞。
    ——唐·李白《早春寄王汉阳》

这首诗写的是诗人邀请友人前来探春畅饮。这两句诗的意思是：我已预先拂净青山上一片石头，并摆下酒宴，要与您开怀畅饮。

18. 两岸青山相对出，
    孤帆一片日边来。
    ——唐·李白《望天门山》

碧水青山和白帆红日交映成一幅色彩绚丽的图画。这两句诗的意思是：两岸青山的美景难分高下，一叶孤舟从天边而来。

19. 湖上一回首，
　　青山卷白云。
　　　　　——唐·王维《欹湖》

这两句诗的意思是：从湖上回望山川，青山白云依旧，而友人却渐去渐远，心中一片惆怅。

20. 城上**青山**如屋里，
　　东家流水入西邻。
　　　　　——唐·王维《春日与裴迪过新昌
　　　　　里访吕逸人不遇》

首句写的是吕逸人居所的环境，是实写；第二句点明吕逸人居所出门即见山，暗示与尘世远离。

21. 远送从此别，
　　青山空复情。
　　　　　——唐·杜甫
　　　　　《奉济驿重送严公四韵》

杜甫送给好友的这首诗，既赞美好友严武，也发出"寂寞养残生"的慨叹。

22. 白水暮东流，
　　青山犹哭声。
　　　　　——唐·杜甫《新安吏》

这两句诗的意思是：河水日夜向东流，青山似乎还留着哭声。

23. 江碧鸟逾白，
　　山青花欲燃。
　　　　　——唐·杜甫《绝句二首·其二》

这首抒情小诗为我们描绘了一幅色彩明丽的春光图，同时也表现了诗人的乡愁。这两句诗的意思是：碧绿的江水把鸟儿的羽毛映衬得更加洁白；山色青翠欲滴，红艳的野花似乎要燃烧起来。

24. 白草通疏勒，
　　青山过武威。
　　　　　——唐·岑参
　　　　　《发临洮将赴北庭留别》

全诗从"闻说"落笔，写通往轮台沿途的奇寒景象和边地风物，抒发了诗人不畏路途艰辛尽力国事的精神。

25. 飞鸟没何处，
　　青山空向人。
　　　　　　——唐·刘长卿
　　　　　《饯别王十一南游》

这是一首送别诗，写的是与友人离别时的情景。这两句诗的意思是：你像一只飞鸟不知归宿何处，留下这一片青山空对着行人。

26. 同作逐臣君更远，
　　青山万里一孤舟。
　　　　　　——唐·刘长卿
　　　　《重送裴郎中贬吉州》

这首诗写出了江边送别的情景，写景与抒情巧妙融合。这两句诗的意思是：同被贬逐漂泊，只是君行更远；青山万里，我是挂念你的一叶扁舟。

27. 荷笠带斜阳，
　　青山独归远。
　　　　——唐·刘长卿《送灵澈上人》

这首诗记叙了诗人在傍晚送灵澈返竹林寺时的心情。这两句诗的意思是：他戴着斗笠在斜阳的余晖下，独自向青山走去，渐行渐远。

28. **青山**霁后云犹在，
　　画出东南四五峰。
　　　　——唐·郎士元《柏林寺南望》

这两句诗的意思是：雨后初晴，山色青翠，白云悠悠；往西南方向眺望，四五青峰更加郁郁葱葱，就像刚刚画成。

29. 行人无限秋风思，
　　隔水**青山**似故乡。
　　　　——唐·戴叔伦《题稚川山水》

这两句诗的意思是：路上的行人兴起了无限的思乡之情，此处的青山绿水也仿佛是自己的故乡。

30. 杨柳散和风，
    青山澹吾虑。
    ——唐·韦应物《东郊》

这首诗写的是诗人春日郊游的情景。这两句诗的意思是：嫩绿的杨柳在春风中荡漾，苍翠的山峰淡化了我的思虑。

31. 东风吹雨过青山，
    却望千门草色闲。
    ——唐·卢纶《长安春望》

这首诗写感时伤乱，抒发了诗人的思家望归之情。

32. 青山飞起不压物，
    野水流来欲湿人。
    ——唐·牛殳《琵琶行》

这两句诗的意思是：听起来像巍峨的青山飞起来了，但没有压抑感；又像有野水流来，给人以湿润之感。

33. 他乡生白发，
    旧国见青山。
    ——唐·司空曙
    《贼平后送人北归》

这两句诗的意思是：流落他乡，头上已经生出白发；战后的家乡也只能见到青山。

34. 青山似欲留人住，
    百匝千遭绕郡城。
    ——唐·李德裕《登崖州城作》

这两句诗的意思是：连绵的青山似乎非要把我留住，把这座崖州郡城层层围住。

35. 只今拮白草，
    何日蓦青山？
    ——唐·李贺
    《马诗二十三首·其十八》

这两句诗的意思：如今却克扣它的草料，它什么时候才能腾飞跨越青山？

36. 一种青山秋草里，
　　路人唯拜汉文陵。
　　　　——唐·许浑《途经秦始皇墓》

这两句诗的意思是：嬴政和刘恒同样葬在青山秋草里，人们却只去祭拜汉文帝的霸陵。

37. 英雄一去豪华尽，
　　惟有青山似洛中。
　　　　——唐·许浑《金陵怀古》

这两句诗的意思是：历代的帝王一去不复返了，豪华的帝王生活也无影无踪；唯有那些环绕在四周的青山，仍然和当年的景物相同。

38. 劳歌一曲解行舟，
　　红叶青山水急流。
　　　　——唐·许浑《谢亭送别》

这两句诗的意思是：唱完一曲送别的歌，你便解开了那远去的行舟；两岸是青山，满山是红叶，水往东急流而去。

39. 满眼青山未得过，
　　镜中无那鬓丝何。
　　　　——唐·杜牧《书怀》

这首诗抒发了诗人年华易老的感慨，并将人到中年的独特人生体验巧妙地表达出来。

40. 青山隐隐水迢迢，
　　秋尽江南草未凋。
　　　　——唐·杜牧《寄扬州韩绰判官》

这是一首调笑诗。这两句诗的意思是：青山若隐若现，江水遥远悠长；秋时已尽，江南的草木还未凋落。

41. 陵阳佳地昔年游，
　　谢朓青山李白楼。
　　　　——唐·陆龟蒙《怀宛陵旧游》

这是一首山水诗，是诗人对往昔游历的怀念。这两句诗的意思是：想当年曾在宛陵城游览胜地，谢玄晖与李太白都曾在这里留下足迹。

42. 枕前发尽千般愿，要休
　　且待青山烂。
　　　　——五代《菩萨蛮·枕前发
　　　　　　尽千般愿》

这首词写的是一位恋人向其所爱者的陈词。为了表达对爱情的忠贞不渝，词中使用了一连串精美的比喻，立下爱情誓言。

43. 两岸青山相送迎，谁知
　　离别情？
　　　　——宋·林逋《相思令·吴山青》

这首词以女子的口吻，抒写她因婚姻不幸，与情人诀别。这两句词的意思是：钱塘两岸秀美的青山整天在为离别的人们送行，可这山山水水懂得离别之情吗？

44. 红树青山日欲斜，
　　长郊草色绿无涯。
　　　　——宋·欧阳修
　　　　《丰乐亭游春三首·其三》

这首诗写的是丰乐亭周围美丽的春景。这两句诗的意思是：红花满树，青山隐隐，夕阳西下；广漠的郊野，草色青青，一望无垠。

45. 杏花红处青山缺，山畔
　　行人山下歇。
　　　　——宋·欧阳修《玉楼春·洛阳
　　　　　　正值芳菲节》

这两句词的意思：红杏傍路而开，红艳艳的杏花林遮住了一大片青山；山路遥远，中途停宿在开有杏花的驿舍里。

46. 青山缭绕疑无路，
忽见千帆隐映来。

——宋·王安石《江上》

　　视野被青山阻断，仿佛前程一片渺茫。就在这时，诗人笔锋一转，在"青山缭绕"中，远远看到"千帆"在山林的掩映下，正徐徐朝近处驶来。

47. 宦游处，青山白浪，万重千叠。

——宋·苏轼
《满江红·怀子由作》

　　这首词以兄弟的情谊为主线，写景抒怀，表现了词人当时的复杂心情。这几句词的意思是：为官四处奔走，走过千山万水，经历了险恶。

48. 可惜不当湖水面，
银山堆里看青山。

——宋·黄庭坚《雨中登岳阳楼望君山》

　　这首诗写诗人凭栏远眺洞庭湖时的感受。这两句诗的意思是：可惜我不能面对湖水，只能在银山堆里看君山。

49. 十里青山远，潮平路带沙。

——宋·仲殊
《南柯子·十里青山远》

　　这首词写景抒情，寓情于景。这两句词的意思是：远处的青山连绵不断，潮水上涨漫到了沙路上。

50. 年来鞍马困尘埃，
赖有青山豁我怀。

——宋·张耒《初见嵩山》

　　这两句诗的意思是：多年来我鞍马劳顿，被困于污浊的尘世之中；还好青山豁达，让我也有了驰骋的胸怀。

51. 试问谪仙何处？青山
外，远烟碧。
——宋·韩元吉《霜天晓角·题
采石蛾眉亭》

这几句词的意思是：试问到哪里才能追寻到谪仙人李白的踪迹？那万重青山外，千里烟波的尽头、郁郁葱葱的地方。

52. 门外青山翠紫堆，
幅巾终日面崔嵬。
——宋·朱熹《偶题三首·其一》

这两句诗的意思是：门外的青山上有一片片绿紫相间的草木，终日云遮雾绕的山峰像戴着头巾。

53. 今朝试卷孤篷看，
依旧青山绿树多。
——宋·朱熹
《水口行舟二首·其一》

这两句诗的意思是：今天天一亮，我赶紧卷起船篷仔细观看，原来一点没改，青山和绿树依旧，还是郁郁葱葱。

54. 芳草断烟南浦路，和别
泪，看青山。
——宋·朱淑真《江城子·赏春》

这几句词的意思是：芳草萋萋，云烟漠漠，他的背影消失在远方。那一刻，肝肠寸断，泪眼模糊，独看青山。

55. 老僧拍手笑相夸，且喜
青山依旧住。
——宋·辛弃疾
《玉楼春·戏赋云山》

这首词抓住自然界客观景物的变化，以轻快明朗的笔调抒发了词人的内心感受。

56. 青山招不来，偃蹇谁怜汝？
——宋·辛弃疾
《生查子·独游西岩》

这两句词的意思：耸立的青山啊，你孤傲不听召唤，还会有谁喜欢欣赏你呢？

57. 青山遮不住，毕竟东流去。

——宋·辛弃疾
《菩萨蛮·书江西造口壁》

这两句词的意思是：青山怎能挡住江水，浩浩江水最终还是向东流去。

58. 我见青山多妩媚，料青山见我应如是。

——宋·辛弃疾
《贺新郎·甚矣吾衰矣》

这首词抒发了词人罢职闲居时寂寞与苦闷的心情。这两句词的意思是：我看那青山潇洒多姿，想必青山看我也是一样。

59. 清溪奔快。不管青山碍。

——宋·辛弃疾
《清平乐·题上卢桥》

这两句词的意思是：清澈的溪流欢快地奔流而出，穿越了青山的重重阻碍。

60. 青山欲共高人语。联翩万马来无数。

——宋·辛弃疾《菩萨蛮·金陵赏心亭为叶丞相赋》

这首词从表面看是为叶丞相而作，实际上是在为自己抒发感情。

61. 独自上层楼，楼外青山远。

——宋·程垓
《卜算子·独自上层楼》

这首闺怨词，以时间为线索，引出登楼少妇心情的变化。这两句词的意思是：独自登上高楼，极目远望，青山在远处若隐若现。

62. 燕儿乱点春江碧。江上青山随意觅。

——宋·程垓《渔家傲·独木小舟烟雨湿》

这两句词的意思：燕子纷纷在碧绿的江面上点水嬉戏；两岸的青山若隐若现，倒也可以随意寻认。

63. 黄莺也爱新凉好，
   飞过青山影里啼。
   ——宋·徐玑《新凉》

这是一首清新、明快的田园诗。这两句诗的意思是：黄莺也喜欢早晨的清凉时光，在青山的影子里欢快地鸣叫。

64. 山外青山楼外楼，
   西湖歌舞几时休？
   ——宋·林升《题临安邸》

这是一首写在临安城一家旅店墙壁上的题壁诗。这两句诗的意思是：西湖四周的青山绵延不断，楼阁望不到头；湖面游船上的歌舞几时才能停休？

65. 青山绿水，白草红叶黄花。
   ——元·白朴《天净沙·秋》

这首小令描绘了一幅绝妙的秋景图。这两句的意思是：远处有一片青山绿水，白草、红叶、黄花互相夹杂。

66. 几枝红雪墙头杏，数点
   青山屋上屏。
   ——元·胡祗遹《阳春曲·春景》

这两句写景，首句写墙头杏花，突出了花的繁茂；次句写青山。

67. 豪华荡尽，只有青山如洛。
   ——宋·汪元量
   《传言玉女·钱塘元夕》

这两句词的意思：昔日繁华消逝，只有青山如往常一般。

68. 空樽夜泣，青山不语，
   残月当门。
   ——宋·黄孝迈
   《湘春夜月·近清明》

这几句词的意思是：空空的酒杯仿佛在为我哭泣，青山默默不语，一弯残月照在门前。